瓷娃骁骁历险记 4

丹霞惊魂

北辰 著

U0842794

海峡出版发行集团
海峡文艺出版社

身份：丹霞山玉蜂林小蜜蜂

身高：1CM

血型：未知

星座：未知

本事：做间谍，能说能打

性格：有些小抑郁，一时迷失自我，但还是能走回正轨，敢于牺牲。

身份：董小芊的哥哥，市实验小学六年级男生，学校信息学高手，小胖仔

身高：155CM

血型：B型

星座：巨蟹座

本事：计算机、游戏、吃

性格：大大咧咧，有时爱慕虚荣，好炫耀，崇拜权力，胆小怕事，体育方面有点怂。

身份：小芊与涛涛的爸爸，考古专家

身高：180CM

血型：B型

星座：射手座

本事：考古，精通古董研究

性格：有冒险精神，有时嬉哈，有时严肃，玩的时候外向开朗，研究学问时认真严谨。

目 录

一、蝴蝶泉边的变异 …………………… 1

二、好大一张蛛网 ……………………… 15

三、溶洞惊蛇 …………………………… 29

四、百花谷唱颂 ………………………… 46

五、老头名叫黑龙煞 …………………… 60

六、大放异彩海月珠 …………………… 75

七、悲情蚂蚁寨 ………………………… 90

八、近在咫尺不能言 ……………… 104

九、恶臭无比的蜂王 ……………… 121

十、花瓣雨玄机 …………………… 137

十一、百花露和玉蜂蜜 …………… 153

十二、意外重逢 …………………… 167

十三、波谲云诡 …………………… 182

十四、寂寞无敌计中计 …………… 197

十五、远古的蝴蝶圣光 …………… 212

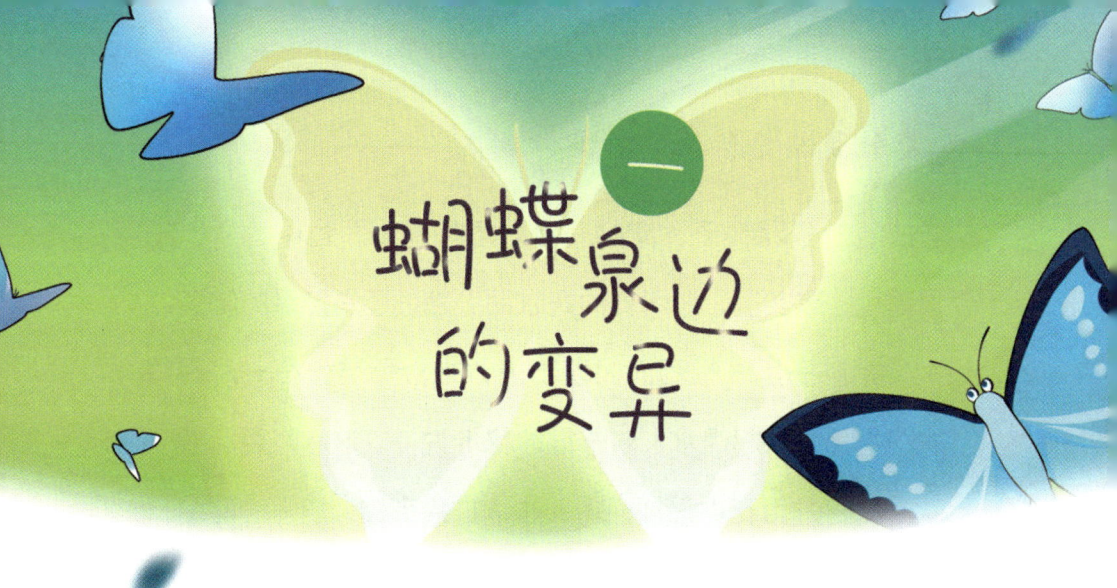

一
蝴蝶泉边的变异

1

不记得是在什么时间,董小芊浑浑噩噩地醒来,还有些迷迷糊糊时,她手上碰到了凉凉的东西。

惊觉之后,才知道,那是水。她勉强支撑着坐起来,四下一片昏暗,隐约的光线也不知道是打哪来的,能大略看出四面微微反光的石壁,反光就是潮湿引起的。

小芊略微精神点后,头还是有点莫名地痛和沉重。这是哪里?我怎么了?她挣扎着想站起来,才发现手和脚都被捆住了,一种看不出什么材质的绳索把她的手脚串捆着,捆得特别结实。

什么情况?我到底怎么了?小芊有点渴,正好看到脚

瓷娃骁骁历险记：丹霞惊魂

边放着一只泥杯子，拿起一看，居然有水。也不管了，先喝再说。事实上，那水真的好甘甜。哦，还是熟悉的味道。

她脑子里一幅画面闪现出来，她跟那谁坐在一片明媚的阳光里，一起喝水。对方很神秘地说："这水叫百花露，从百花谷的百花中采撷而得，非常甘甜爽口，能提神醒脑，还能解毒。"

画面闪过后，小芊已经喝了那杯她想起名字的水。哼，百花露，娜娜是想害我吗？还同学呢，她到底想干什么？

小芊有些想起来了，只是还不知道自己怎么就被捆住，还被囚在这处又阴暗又潮湿的石洞里。

还好，脖子上戴着的那颗海月石仍在。这是瓷娃骁骁送给小芊的，告诉小芊，这可是真正的宝贝，由爱与纯洁的情感交融在一起，在大海与月光之中凝结而成。此刻，海月珠感应到四周的气温有点低，竟能散出微微的温暖，慢慢地呵护小芊的全身。海月珠里的三瓣凤凰花瓣还微微发出温暖的红光，这让小芊心里感觉没那么害怕了。

就是还有点疲累，身后有什么东西拖着，很重，一种奇怪的力量驱使她传递到背后，背后居然动了动，好吧，

一、蝴蝶泉边的变异

想起来了,是那对翅膀。不是羽毛状的,也不是肉质的,摸着有些硬,上头还有微微的绒毛。小芊用点力气,那对翅膀就向两旁展开,能撑出很宽,比自己还要高大。

小芊倚着一处石头,她努力地回忆到底怎么回事,从离开家门那天开始想起……

那天,她骗过妈妈,偷偷地把鸡蛋里的蛋黄吐掉了,甚至连牛奶也偷偷倒掉了,假装吃得很饱,背上书包,像只小鸟一样飞出家门,头都没回地跟爸爸妈妈告别。啊哈,天气特别好,已近初秋,没那么炽热了。

电话手表里出现瓷娃骁骁的头像,提醒她一路小心。这是骁骁发明的,现代的电话手表经骁骁用月光魔法一弄,神了,跟骁骁也能通话、发语音。在骁骁看来,小芊是他的宠物,然而,在小芊全家看来,瓷娃骁骁才是董家的小宠物。

从"哼哧哼哧"的公交车上跳下,穿过彩旗飘飘特别热闹的校门口,小芊的同班同学正在各种叽叽喳喳,仿佛刚破笼而出的群鸟,他们此行社会实践的目的地是大山深处——丹霞地貌区。

瓷娃骁骁历险记：丹霞惊魂

想想就忍不住兴奋，小芊的同桌娜娜还不停地跟她唠叨，总算脱离那个令人烦透的家了，甚至赌咒似地说，最好别回来。

小芊当时根本没在意，现在，被囚于不知所在的石洞里，小芊心中不得不暗骂娜娜——乌鸦嘴。

2

要说娜娜同学也不简单，身为班上的文娱委员，能歌善舞，为班级争得的荣誉多到谁也数不过来，风头一度盖过作为班长的董小芊。

往往在得到老师表扬的时候，她却会觍着脸对同桌小芊说："唉，还是你好，单凭学习就甩我几条街，我妈老说我要有你一半水平就阿弥陀佛了。"小芊反倒羡慕娜娜的歌声和舞姿，老抱怨自己没遗传半点艺术细胞，好尴尬呀！

娜娜不以为意，往往幽幽然道："我只要有一门没上九十，我妈就会一个星期不理我！唉，累觉不爱啊！"

在前往丹霞山区的车上，娜娜悄悄地告诉小芊，家里

一、蝴蝶泉边的变异

早已闹得鸡飞狗跳，没人关心她，就算她要出远门去参加社会实践，老爸老妈也没空搭理她。行李是她自己打包的，吃的喝的都是她自己准备的，临出门只见老爸老妈各自抬抬眼皮，"嗯哼"一下就算告别了。

原来，娜娜的老爸老妈正在闹离婚。现在的小孩子对这种事都不觉新鲜，电视里看多了呗，也没什么大不了的，反正大人们的日子不过了，就把矛头对准孩子，逼着孩子做选择：你是跟爸爸过还是跟妈妈过？明摆着非A即B的选择，不给第三种考虑。

娜娜眼里掠过车窗外的风景，其实没半点心情欣赏，好在有同桌小芊愿意听她发牢骚。"没事，我真没事，就是特烦，他们那点儿破事老来烦我，唉，连我都瞧不起他们，当爸当妈当得特别失败！"

小芊不是头一回听娜娜说家里的事，谁让她们是闺蜜呢？但每回她都不懂怎么安慰娜娜。车上其他同学都聊东聊西各种没心没肺，谁还会在乎娜娜的一点小伤心呢？

到了社会实践的驻地，他们还来不及欣赏所谓的丹霞美景，就被教官带到操场上，好一通整队，好一通训话，

　　个别不怎么守纪律的家伙，站没站姿，还有叽叽歪歪不服管教的小刺头当场就被教官拎出去，罚俯卧撑的，罚跑操场的，几分钟后就被整蔫了。于是乎，同学们原先憧憬的兴奋劲顿时消失得无影无踪，渐渐感觉没意思了。

　　天边好像压过一朵云，开始没人在意，慢慢地，越来越多人抬头看，因为那朵云移动速度偏快，转眼就到了他们头顶。而且很近，关键是，还有颜色。一般的云彩颜色

一、蝴蝶泉边的变异

不外乎红粉紫橙，偏暖色，可这回在他们头顶的云却怪了，蓝得没人描述得了是什么蓝。深蓝、浅蓝、靓蓝、宝石蓝、荧光蓝、孔雀蓝、天空蓝、海水蓝……好像都不是！

蓝云倏忽就过去了，无声无息，在场的连教官都纳闷：刚刚过去的是什么东西？

同学们有的还抱怨，都怪老师把手机给没收了，连电话手表都没能幸免，导致没人拍下照片，没机会炫耀了。

奇怪的是，蓝云过后，小芊看见一只蓝色小蝴蝶在她面前晃了晃，飞远了。她问娜娜看到了吗那只小蝴蝶。

娜娜却回她:"隔壁班那个教官,看起来更帅!"

3

此刻,被囚在石洞里的小芊不知道时间过去多久了。她能听见从石洞顶端滴下的水砸中地面的声音,听起来一点也不悦耳,甚至有点结实的"嘀嗒"声,是水与石的决绝撞击,听来很沉闷,令洞内越发显得静寂无聊,这让小芊的回想更容易更失控。

那天傍晚要不是陪着娜娜出来散心,或许现在也不会落到这步田地。

要怪就怪那通电话。在实践基地,老师每天只让学生跟家长通一次电话,还只能是傍晚。娜娜在电话里不知是跟老爸还是跟老妈又吵了一架。她当着老师和同学的面儿跑出宿舍,谁都没拦着,因为谁都习惯了娜娜的傲娇。后来还是老师用眼神示意小芊,跟出去看看。

当个班长也不容易啊,小芊只好跑着跟上正在气头上的娜娜。大概跟她跑出了两里地,两人都闷不作响,直到两人猛一回头,看到了非常壮美的落日余晖,泼得漫山遍

一、蝴蝶泉边的变异

野异常鲜艳,加上丹霞地貌原有的红土地本色,世界好一片辉煌灿烂。

娜娜的脸上还有未干的泪痕,坐在一处石头上戚戚然告诉小芹,老爸老妈趁她不在家,把那个半死不活的婚给彻底终结了。小芹本想问问娜娜决定好跟谁了吗,到底没问出口。因为娜娜眼里正在热情燃烧的落日闪在两团泪光里。

小芹突发奇想,是不是回去后让骁骁想想办法,用魔法可不可以把娜娜父母的伤痕给修复了呢?要能那样就太好了,她刚想把这个好主意告诉娜娜,娜娜却指着远处的天空,叫小芹快看。

远处,又是一朵云在低空靠近,越来越近的过程中可以看出在落日里呈现出的金黄色。而同时,另一方向有另一朵云也在低空逼近,不过速度略微慢点儿,是那天无法描述的蓝,还泛着不可思议的蓝光。

"乖乖,那是什么呀?"娜娜站起来,看得十分专注,"好像有什么事要发生!"小芹也感觉到空气中异样的气息,说不出是香还是臭。

瓷娃骁骁历险记：丹霞惊魂

她们亲眼看到一金黄一蓝光两朵云在空中正面撞击了，两种颜色毫无界限地迅速融合，混杂，最后根本分不出清晰的单一颜色。

同时还从空中传来各种异响，仿佛昆虫的鸣叫，十分焦躁，吓人。随后便看到纷纷扬扬在空中翻飞的蓝色点，还有直线坠落的黄色点。

随着风吹过小芊身旁的，像花瓣一样的东西附着在她们衣服上。捏住一看，咦，好像是蝴蝶的翅膀。

突然驻地那边好多人叫嚷着四下抱头鼠窜，好像同学们受到了什么惊吓。小芊和娜娜想跑回去看看，却被空中乱轰轰的东西给吓住了。看起来，是黄色的那团云获胜了，打败了蓝光云，然后急转直下攻击刚才在观看它们的人。

不断有尖叫声传来，小芊听得真切。"小心蜜蜂，会蛰人！"

娜娜也看出情形了："怎么办？我们先别回去吧。"

说话间，"嗡嗡嗡嗡"的声音当头直冲下来，娜娜和小芊吓得起身就跑，不管不顾地，慌不择路地跑。一口气，她们越跑越往深山里头去，直到找不见来时的路……

一、蝴蝶泉边的变异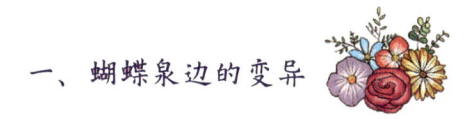

4

因为走得急,小芊和娜娜都没带上手机或电话手表。

天色很快就暗下来了,森林里的天色尤其暗得快,四下里一旦被夜色包袭,就显得特别诡异阴森,仿佛黑暗里总有眼睛在盯着她们。

刚才一路乱跑,根本没有了方向感,还被各种树枝刮破了衣裤几处,还好鞋没跑丢。那几只疯狂追赶她们的蜜蜂也不知去向了。这下该怎么办?肯定要回实践基地啊。

可是,东西南北完全分不清了,天空没有月亮,隐约的星星也看不懂是什么方位。两个小女孩傻傻地坐在一处石头上,相互抱着肩背,四只眼睛警惕地看着四周,仿佛四周黑暗里潜伏着各种可怕的野兽,连近旁的水声都听着有些瘆人。

娜娜颤抖着声音问:"他们……会不会……来找我们啊?"

"你说谁?"

"老师啊,还有……教官。只要他们来救我……我

瓷娃骁骁历险记：丹霞惊魂

就……再也不嫌教官不帅了！"娜娜的话让小芊有点想笑，只是害怕大过好笑，一时没笑出来。

娜娜又问："你说，刚刚那天空中，是不是什么东西在打架？"

"好像是蝴蝶和蜜蜂，打起来了。"

"蜜蜂为什么要追我们？同学们好像被蜜蜂蛰了。"小芊又想了想，补充说，"可我好像在书上看过，蜜蜂不会无缘无故蛰人！"

娜娜也想起了什么："会不会是大马蜂、大黄蜂，反正会追着人蛰的，不是好东西！"

两人都觉出渴了，半天滴水没进，正好近旁有山泉，也顾不了许多了，将就着喝点儿吧。没想到那水还挺甘甜，一扫秋燥干渴。

不知过了多久，因为惊吓因为累，两人昏昏睡去了。以天为被地为席，大自然幸好仁慈地呵护住这两个无助的小女孩。她们一夜安然无恙。

天终于亮了。小芊醒来时正好有一缕暖暖的阳光照在她脸上。四下一看，没见着娜娜，她一个惊吓坐过来，结

果反而从石头上跌落下去。

腿被磕了一下，当场乌青了，疼得小芊呲牙咧嘴。后背感觉怪怪的，好像背着什么东西，扭头一看，妈呀，后背上怎么晃着两大片什么东西？伸手摸了摸，有点滑又有点涩，指尖上还感觉有粉尘。

正纳闷，抬头看到不远处娜娜在玩水，天啊，娜娜好漂亮，身后一对黄色的翅膀轻轻舞动，天啊，她居然飞了起来，在水面上来回翻了几翻，就像一只蝴蝶。

小芊吓得赶紧捂住自己的嘴，没有尖叫。她意识到自己后背上的东西，应该是一对翅膀，薄薄的像蝴蝶的翅膀。

她试着扇了扇，翅膀果然动了。妈呀，我到底怎么了？

"噗——"娜娜从空中飞落在一旁石头上，一脸天真无邪地望着小芊笑。

"妈呀，你……你……"

"你什么你啊？请叫我蝴蝶娜娜！你呢，就是蝴蝶小芊，哈哈哈哈，咱们——重生了！"

她们身侧的小水潭，异常清澈，不见游鱼，但清晰地映出她们黄色的翅膀——蝴蝶样的翅膀！

二 好大一张蛛网

1

瓷娃骁骁成了董家的一员。没有仪式，空降一般，董家人跟人介绍骁骁都说他是董家的宝贝。但总有人怀疑，那是董妈妈悄悄生的第三胎。

在董爸爸董妈妈的话里，骁骁是有着特别技能的最新代机器娃娃，外观做成瓷质肌理，内里就神秘了，任你什么先进科技来扫描也读不出什么真相。董妈妈还特别为骁骁量身裁制了好几款衣裤，据说布料材质都是从国外进口的，比如好莱坞为蜘蛛侠、超人等特别制作衣服的材质，伸缩性与贴合性都达到最佳。

骁骁对穿什么衣服没有特别要求，不穿是真不行，总

会让人指指点点的,穿上董妈妈特别设计和制作的衣裤,呵呵,还真成了家里的宠物了,跟人家那个哆啦A梦有得一比。

这下涛涛向人炫耀还真有了说辞,直接说家里来了个像机器猫的家伙。别人说他信口开河,他就信誓旦旦地说第二天就把瓷娃骁骁带到学校,让大家观摩观摩。结果回家一说,全家都反对,恨不能拿满桌饭菜堵住胖仔涛涛的嘴。连骁骁也不愿意随随便便去现身,以免引发骚动。

这期间,涛涛和小芊让骁骁通过IPAD大量看了好莱坞漫威英雄系列和DC英雄系列大片,让骁骁见识了什么是世界超级大英雄,比如美国队长、钢铁侠、超人、雷神、神奇女侠、蜘蛛侠、蝙蝠侠、闪电侠、绿巨人、蚁人等,嗬,把骁骁兴奋得不知不觉学了各种招数。

据说董爸爸警告过骁骁,要当英雄可以,得低调,没事别出去招摇,哪天被什么神秘的组织用麻袋套走了,从此被塞进什么研究机构,比如专门研究外星人的那种,拿骁骁做各种解剖试验和科学研究,还真不好说呢。这当然吓不住骁骁,再不济他还有点儿小魔法可以自保。可董爸

二、好大一张蛛网

爸说了,骁骁有魔法,架不住这世上还有别的什么玩意儿也会魔法,甚至很可能更强大更神奇也未可知哦。所谓山外有山,人外有人。

话虽有道理,可骁骁也不愿整日宅在家里,听凭董妈妈叫他试各种款式的衣服。好尴尬呀,他像个小人偶似的,任凭摆布,听说董妈妈非要根据他打造出好莱坞那种大英雄式的造型。

骁骁最好的地方在于积极向学,他对当下时代新鲜事物特别有兴趣,除了坚持写毛笔字,还在董爸爸的书房学习各种知识,很快在掌握简体字的情况下,通读天文、地理、历史、军事、科技、考古等,百科全书无所不涉猎。短期内,他已经可以辅导小芹和涛涛全部学科作业了,外语甚至学得比董爸爸董妈妈还好。能看电视里的外语频道,不必看翻译。

董家人一致认为,骁骁是他们家的超级福星,怕他被神秘机构请走,还是按捺住内心的兴奋狂喜,低调再低调。

可有时候,事情总是自己找上门来。比如一个电话,差点把董爸爸董妈妈吓出心脏病。

瓷娃骁骁历险记：丹霞惊魂

电话是学校老师打来的，说小芊和同班的娜娜在实践基地失踪了。这还了得！骁骁立即凭月光魔法想通过海月珠联系小芊，可是接受到的信号十分微弱。大概能确定小芊的位置还在丹霞山区域，只是有关方面还一直未搜寻到。

董家人吓坏了，放掉手头的工作决定进山参与搜救。连涛涛也请了假，毕竟家里没人的话，他就吃不上饭，只能跟着去。有骁骁在，他们心里还有点底，希望别又是什么惊悚历险才好。

二、好大一张蛛网

2

黑暗中,小芊还在努力回想,却被洞口传来的响动打断思绪。

一只黑蝶在洞口放了什么东西,毫无表情地看看洞里的小芊,扭头走了,走得有些笨拙,好像因为过于肥胖,她的黑色翅膀在小芊看来,撑得好吃力。

原来,黑蝶守卫给小芊送吃的来了。小芊还在赌气,一定是那位荣升为蝴蝶公主的娜娜同学发的善心吧!不吃!就是不吃!

可是,不吃,还真感觉饿了呢,这么对不起自己,不值吧?!

这么转念一想,特别是想到此时的娜娜公主可能正在蝴蝶宫里大吃大喝特别享受呢,自己何必在此生闷气,跟自己过不去呢?小芊决定了:吃!不吃白不吃!

蝴蝶能吃什么东西呢?小芊拿起那用草叶包裹的红红绿绿的东西,闻了闻,没什么异味,小心尝一尝,嘿,清新爽口,跟水果似的,还真好吃。那就不客气了,小芊大

瓷娃骁骁历险记：丹霞惊魂

嚼特嚼，三下两下风卷残云，一点儿没剩。

吃饱了，有力气接着想事儿了，才发觉心里有些空落落的。电话手表要带着就好了，发个定位给骁骁或者给爸爸妈妈，好让他们来救她。

正想着，脖子上的海月珠发出温暖的光，小芊兴奋地捏着海月珠，压低声音问："骁骁，骁骁，是你吗？骁骁，快来救我，我知道你一定有办法的，骁骁，你听得到吗？"

她想起骁骁说过，只要骁骁用魔法追寻海月珠，海月珠就会感应，发出光与热。如此看来，一定是骁骁知道小芊出事了，正在追踪海月珠的位置，太好了！有电话手表可以靠科技定位，有海月珠可以靠魔法定位，妥妥的。

可惜双方一时没法通过海月珠实现对话。骁骁说过，海月珠得通过月光与水才能形成水月镜像，就像实现视频通话一样。毕竟此时小芊被囚在一处石洞，洞中石壁所渗出的水只在地面形成潮湿的一层，加上没有月光，水月镜像显然没办法做到。

海月珠里的凤凰花瓣还是那么美，微微的红光里，小芊能看到自己黄颜色的蝴蝶翅膀。唉，自己变成了一只蝴

蝶怪物，出去是不是会吓坏同学们啊？

虽然不懂为什么自己和同学娜娜那天会双双变成蝴蝶，但变成蝴蝶的那个时刻却很快乐。那天，她们在山泉边试着振动翅膀，居然轻盈起飞，在空中两人都被树枝给绊了几下，还好很快适应了。

哈哈哈哈，会飞的感觉太神奇了，上下左右任凭转向，两人左右相伴在清早的阳光下自由飞翔，轻盈如叶片。飞过树叶，飞过草尖，飞过花丛，飞过水面，飞过岩石，好好体验了一把化蝶飞翔的快乐。

她们在空中欢快飞舞，笑声清脆地响彻山涧。事实上，

21

瓷娃骁骁历险记：丹霞惊魂

丹霞山区那么庞大，根本没有谁会在意两只黄色小蝴蝶在穿飞，甚至根本听不见蝴蝶的笑声。

结果，乐极生悲，她们迎头撞上一张巨大的网，笑声戛然而止，虽然没什么痛感，倒是吓了一跳，想笑也笑不出了，整个身体连同宽宽的鲜黄色翅膀都粘在了网上。

坏了，这不会是传说中的——蜘蛛网吧？

3

怎么可能有能粘住人的蜘蛛网？再大的蜘蛛网能比人还高大吗？

但事实就是小芹和娜娜真的被巨大网状的东西给粘住了。就在她们用全身的力气在挣扎的时候，网上还纷纷落下一枚枚气球水弹，有的还毫不客气地砸在小芹和娜娜的脑袋上。"哗——哗哗——"气球水弹在她们头上砸开，嗬，砸得她们全身都湿了。

娜娜高声大叫："谁呀？谁干的恶作剧？别让我抓住你，我拔光你的头发！"

小芹有种不祥的预感，侧着脑袋看娜娜，正想叫她别

二、好大一张蛛网

嚷嚷，眼神就直了，吓得大气不敢出。娜娜感觉到小芊没挣扎了，扭头看到小芊的目光带着惊恐，回头一看，我的妈呀，什么东西啊？

那东西缓缓地朝她们爬动，好像在试探，停下后又慢爬两步，脑袋上好像好几只会反光的巨大眼睛，满头满脸毛茸茸，还伸出两根和脚一样粗细的带有节节斑纹的短触角，身体左右各撑起四条高大粗壮的腿，毛茸茸的。

小芊先发声："蜘蛛？"

"妈呀，不是吧，蜘蛛这么大吗？"娜娜已经出现哭腔，那家伙离她最近，估计是瞄上她了。

小芊咽了口水，喃喃一句："我们……是在……侏罗纪公园吗？"

"瞎说，那里是恐龙，哪有这么大的蜘蛛啊？"

"天啊！"小芊突然想到什么，看看自己的鲜黄色蝴蝶翅膀，欲哭无泪，"变成蝴蝶，我们就变小了！"

娜娜四下看了看，树还是那样的树，只是高大耸天，网底下的花草果然相当巨大。完了，自己真是变成小蝴蝶那般大小了，这下还不得是蜘蛛口中的美餐吗？

二、好大一张蛛网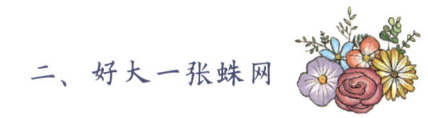

刚才还因为变成蝴蝶自由自在飞翔而得意呢,现在才想到自己变小有危险的事,晚了!

大蜘蛛开始进一步试探。它伸出前腿勾住蛛丝弹了一下,蛛网在一波反弹中,弹中娜娜的脸和小芊的手,吓得娜娜和小芊都尖叫起来。大蜘蛛又勾起一根蛛丝再次弹动,它仿佛在娜娜和小芊的尖叫声里感受到捕获猎物的快乐,玩游戏似地把玩起来。

小芊惊慌中说:"这家伙在玩!像猫在逗老鼠一样……抓住猎物玩一玩……再吃。"

"你别说了,快想办法吧!"娜娜早就流了一脸的泪,"爸爸,妈妈,快救娜娜呀!"

小芊突然发出大喊:"嗨——哟——嗨嗨——哟——"她想用声音吓退大蜘蛛。娜娜反应过来,也跟着"嗨嗨哟哟"地大声喝斥。

可大蜘蛛却没有后退的意思,反而慢悠悠地晃着蛛网,还开口说话了:"别喊了,我很久没吃到东西,正饿得厉害!"

小芊和娜娜愣了,她们怀疑自己产生了幻觉。没想到大蜘蛛接着说:"今天运气太好了,这早餐看着就特别鲜

嫩可口。"说完,还流口水了。

神啊,蜘蛛真的说话了,哦不,变成蝴蝶的小芊和娜娜都真切地听懂大蜘蛛说的话了。

娜娜突然发疯似的挣扎,就像在蛛网上一直蹦跶。还发誓:"爸爸,我以后再也不上网了,这破网!这破网……是世界上最讨厌的东西!"

"嘿嘿嘿嘿——"大蜘蛛在晃动的蛛网上一步一步地靠近……

4

一股腥臭味已经扑到娜娜和小芊面前,好恶心。娜娜差点喘不上气,扭头就要呕吐。

小芊情急之下,念动骁骁咒语。"咪咕咪咕……咪咕咪咕……"她脖子上的海月珠受到召唤,突然发出耀眼红光,吓得那只大蜘蛛连连后退。

可小芊和娜娜还是无法挣脱蛛网,她们的翅膀整个都粘在上面了,就好像巨大的纸皮扣住她们俩,而蛛网又特别有韧性,怎么扯都扯不断。

二、好大一张蛛网

没辙了,只好喊救命。两个小女孩抻着脖子拼命高声大喊"救命!救命!"偌大的峡谷,一片寂静,没有人能听到两只小黄蝶的救命呼喊。这就是大自然,先不说蝴蝶会不会叫,即便其他昆虫发出叫声,那也是大自然的声音,谁会在意任何小昆虫的叫声呢?反正人类大多不会在意。

但是,昆虫彼此是在意的,它们发出的各种声音都有它们的生物用意。呼救也是如此,本能而且强烈,哪怕明知道很渺茫,但总要发出生命的呼喊。

突然,蛛网出现一阵非常强烈的震动,小芊和娜娜以为那只大蜘蛛要冲过来了,却有一阵强烈的风从她们头上掠过。不,不是掠过,是穿过,"噗——"一声,在小芊和娜娜之间的蛛网上,一道黑影穿透而过,断掉的蛛丝在风中乱晃。

还没等她们反应过来,那道穿网而过的黑影再次展开袭击,这回是在娜娜左边的蛛网穿刺而过。娜娜尖叫着,在蛛网上剧烈晃动,小芊的身体也受到晃动的波及,两人都感觉到一阵晕眩。但这回听得很真切的是有强烈的"嗡嗡嗡嗡"翅膀振动声。

"坏了,是大黄蜂,妈呀,这边有大蜘蛛,上面还有大黄蜂,我们还有活路吗?"娜娜说着又哭起来。小芊一听也害怕了。大黄蜂能把人给蜇伤,要是对付小蝴蝶大小的她们,那不是轻而易举的事?

那头大蜘蛛发现有对手袭击它的蛛网,不能眼睁睁看着到了嘴边的猎物让别的家伙抢走,于是,它忿然出击,几步就爬到娜娜和小芊头顶的蛛网上,昂着巨大的脑袋朝向天空。

那道黑影如同闪电一般"噗——"又一下穿透了蛛网,这下够劲儿,娜娜和小芊的蝴蝶翅膀都只悬在一根蛛丝上了,另一头还被大蜘蛛扯住。她们尖叫着,在风中晃荡。

"刷——"黑影一闪,不知道怎么地就剪断了那根蛛丝,两只小黄蝶像落叶一般在空中飘飞。大蜘蛛还腾空而起试图最后抓住空中的小黄蝶,奈何上头的黑影已经扯着她们往高空继续拔飞而去。

她们眼睁睁看着大蜘蛛"嗷嗷"叫着跌落下去……

三 溶洞惊蛇

1

丹霞山红崖底的社会实践基地临时关闭了，师生全数撤走，为了防止造成民众因恐慌而出乱子，相关新闻都不让报道。

但各种神秘说法却不胫而走，特别是当时红崖底出现的黄蜂与蓝色蝴蝶大战之事特别受人关注。瓷娃骁骁和董家人第一时间赶到现场，因为他们是失踪人员的直系家属，没受阻拦就直接到了事发地。

有一些还来不及撤走的受伤人员暂时滞留在基地。骁骁进入事发地时，因官方听说他是新型智能机器人，甚感惊奇，反倒更想找骁骁寻求帮助。骁骁看了看那些被黄蜂

瓷娃骁骁历险记：丹霞惊魂

蛰伤的学生、老师和教官，感觉不妙。连到场的医生也说每个人的伤口都有别于平常看到的蜂虫蛰伤。

虽然医生给每个受伤者都用了药，可是药效似乎不怎么起效。那些人该痛的还是痛，该痒的还是痒。到夜里，伤者都发起高烧。有关方面经上级指示，立即封闭基地，不让进也不让出，病人全数隔离，因为怕有什么病毒传染出去。

骁骁趁着医护人员没在意，暗中用月光魔法将受伤人员伤口进行了处理，结果发现了异样。骁骁私下跟董爸爸董妈妈说："经过月光魔法诱引，伤者的伤口隐约有黑气，绝对不是普通的伤。"此话一出，董妈妈吓坏了。"骁骁，快想办法救小芊，这孩子最怕那些会蛰会咬的虫子了！"

骁骁摇着头："我已经好几次用魔法搜寻海月珠，只能感应到海月珠还在丹霞山，小芊一定还在山里。凭海月珠感应，她暂时没事。"

当时，森林警方和部队官兵都投入大量人力进山搜索失踪的小芊和娜娜。而娜娜的家长也赶来了，双方却只会唉声叹气，因为不合，半句话也不愿多交流。

三、溶洞惊蛇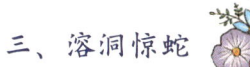

听闻丹霞山奇怪的蜂蝶大战现象,骁骁特别留心。据师生所述,当时傍晚时分,众人还在操场上打球、跑步或做器械运动,忽然在没有任何征兆的情况下,天空中出现大黄蜂与蓝色蝴蝶大战的情景,现场昆虫落了一地,主要是蓝色蝴蝶掉得多。

众人开始还对着空中指指点点,有人想拿手机拍摄昆虫大战的壮观景象。没想到黄蜂大胜后,突然开始袭击基地的师生。大黄蜂蛰人特别痛,众人嗷嗷大叫,四下溃散,结果还是躲无可躲,藏无可藏,多数人都被蛰到了。

众所周知,黄蜂也叫马蜂、胡蜂,被其蛰中是痛不可言的,而且还有毒素,一时半会好不了,痛苦不堪,严重的甚至会危及性命。

傍晚,天上有下弦月,月光虽然微弱,但有助于骁骁看清真相。骁骁通过月光魔法开启时光逆视,透过洇出月光的眼睛,他看到了前一天在天空中的蜂蝶大战。

不知真相的涛涛伸手要去捡地上的蓝色蝴蝶。"这么漂亮的蝴蝶,可以做成标本吧。"

骁骁大叫:"别动!"话音刚落,涛涛手指尖刚碰到

瓷娃骁骁历险记：丹霞惊魂

的蓝色蝴蝶化为粉末。涛涛有些吃惊无辜地站在那儿，看着骁骁用魔法消去满地的蝴蝶和黄蜂，地上忽然游丝样地升起一缕缕细细的黑烟，十分怪异地袅袅游移。

骁骁眉头收紧，他闻到了萨多魔法的气息。

2

这个夜晚注定无眠，整个丹霞山区陷入各种灯光闪烁中。

山区毕竟湿气重，入夜渐深后，山间雾气四起，如野马奔腾于各处深谷山涧、森林石坡之中。因各处搜寻队的手电筒光芒不规则晃动，在雾气中的丹霞山更显得迷离冷峻。

董爸爸董妈妈不顾森林警方的劝阻，执意要加入搜寻队，还一再鼓励娜娜的父母加入搜寻。娜娜的父母虽然心情不好，但碍于为人父母怕受指责，还是勉强参与。有几次，娜娜妈在山坡滑倒，还是董妈妈帮助她，一路不仅照顾她，还一再夸娜娜是多么优秀的孩子，深得老师和同学们的喜爱，真羡慕娜娜在家受到特别优质的教育。说到此，

三、溶洞惊蛇

娜娜妈已悄悄落泪，偷偷掩饰。

骁骁原本跟大家一路搜寻，他想借用时光逆视法追踪小芹，但因为夜里山岚太浓，不好施展，加上周边人太多，也不便过于张扬自己的魔法。他提醒涛涛跟着他，也好关键时候能搭把手，虽然明知道胖仔涛涛一般是帮不上什么忙的，只要不成为骁骁的累赘就行。

骁骁带着涛涛渐渐跟大队伍疏离，是故意的。那帮人那么张扬地找人，早就打草惊蛇了。骁骁有骁骁的想法和做法，自己走一路。

涛涛特别乐意跟着骁骁，甩都别想甩掉，他有时可精明着呢，知道跟着骁骁才有好玩刺激的事。最开始以为能学到点什么有用的魔法小伎俩，好去骗骗小女生，后来发现确实没那个天赋，也就算了，不如把欣赏骁骁玩转魔法当成一种乐趣。一路上，他不停地催促骁骁快用魔法，好好施展一番本事，镇镇那些嚣张的阿兵哥。

骁骁有些无奈，还有些后悔带着这个大胖仔。他知道现在的男生特别爱炫，到哪都爱炫耀自己有多了不起，会背圆周率小数点后两百位啦，会张口一分钟说齐漫威全部

瓷娃骁骁历险记：丹霞惊魂

盖世英雄和他们的本事啦，会上场打出漂亮的三分投篮啦等等，无不是他们炫耀的资本。越炫耀，越幼稚，但拦不住啊！

这不，涛涛一路碎碎念，希望骁骁动用魔法。刚好走到一处溶洞口，里面往外吹着阴冷的风。这景区夜里关闭了，管理人员业已撤离，毕竟这两天山里出现怪异之事，哪里都得暂时整顿。

天微亮，骁骁眼尖，瞅见两只黄蜂飞入溶洞，不管怎样都值得去探一探。溶洞的铁栅门当然拦不住骁骁，凭魔法轻松解锁。涛涛既紧张又兴奋，感觉又要历险了。只见骁骁双手指尖一弹，四枚月光球带出两道白光，缓缓飞升在前方，照亮他们进洞的路。

此处溶洞较别处不同，入口进去后约十米就开始往下行，越往下走，溶洞空间越大，里面的奇异景象远超人们想象，也是丹霞地貌中的特殊地理环境。

他们壮胆进溶洞后并未发现异样，外头突然下起大雨，好像趁着夜色掩护，整个天空把水都倾倒下来。不到半小时，山上汇聚冲下的雨水竟然开始往溶洞里倒灌，越

三、溶洞惊蛇

来越多，越来越急……

3

越往溶洞底部下去，空气越闷，涛涛有些烦躁。

骁骁找到电源开关，打开里面的照明灯，四处奇石异景在灯光下五颜六色，十分壮观。特别是到达一处巨大天然洞府，宽敞堪比广场，高大堪比穹庐，像极了一处壮观的体育馆，约摸可以容纳几千人。也因其空旷，在四下无人的情况下，容易让人心生恐惧。

涛涛边走边说："好像一个大魔窟啊，拍恐怖片都不用布景了。"

骁骁不知道恐怖片是什么，却若有所思。他感觉小芊好像离得不远，奇怪！他走到边上，触摸那些纹路奇特的石壁，听到了滚滚而来的水声。

涛涛也听到了，回头一看，坏了，他们的来路居然从空中倾泻而下好大的水瀑，下行的石阶全成了一级一级水路。

"怎么回事？刚刚我们下来的时候，路上还没水呢。"

瓷娃骁骁历险记：丹霞惊魂

骁骁点头："估计外头下雨了，水是从上往里灌的。"

"妈呀，这什么景区，怎么可能没有进行水利设施的设计，太离谱了！"涛涛虽然在抱怨，但说的却在点上。只是他们不知道，这雨水倒灌的现象实在罕见，而且分明有谁暗中作祟。

骁骁借着流到洞中的水，以及他在触摸石壁时的感应，启用月光魔法，一时间洞府里亮如白昼，在水月如镜的影像里仿佛能看到模糊的身影，骁骁正极力召唤海月珠。

果然，海月珠感应到了，也给出了回应，好像听见那个像小芊的身影在说话，她说"蝴蝶宫"，她还说"救命"。涛涛一直叫着妹妹，可是对方没法回应。信号似乎特别弱，还不稳定。骁骁用了极大的力气才能勉强感应到。很快，那模糊的影像也渐渐消失，溶洞里这处天然洞府也渐次黯淡下去。

而涛涛忽然惊跳起来，漫过他脚踝的水中有什么东西在蹭他。他吓得连连跳脚，搅得水花四溅。这回不是他恶作剧，连骁骁也看到了水中有异物。

一道黑色蜿蜒的蛇形影子在水中游窜而去，在角落一

闪不见了,又突然从另一角落窜出,在水面迅速游走。涛涛和骁骁都看得真切,"那那那那……在那……在那……"涛涛已感觉能叫出那水中在游的东西了,却还是因为紧张而话到嘴边说不出,只能惊慌地叫唤着。

骁骁眼疾手快,手中白光飞出,月寒剑剑气正面击中那水中游物,一个翻身,它便窜入水中不见。

"那是蛇吗?"涛涛吓得直喘粗气,后背都汗湿了。

"水蛇,这种在水里能迅速流动的蛇,我以前见过。"骁骁说得很肯定,他说的以前,估计是四百年前了,他不会撒谎。

涛涛赶紧说:"我们还是出去吧。小芊不会在这里,

瓷娃骁骁历险记：丹霞惊魂

她刚刚说在蝴蝶宫了。"

"可能出不去了！"骁骁很冷静地四下看着，"咱们已经中计！"

涛涛顺着骁骁的目光四下环顾，天啊，那些盘踞在各处石笋石盘石柱上的一圈圈在蠕动的东西，还隐约发出"咝咝咝咝"声响的东西，除了蛇，还能是什么呢？

4

"涛涛，你按我说的做，千万别乱跑动！"

骁骁叮嘱的声音里有种不容置疑的镇定，眼角余光却在警惕四下渐渐密布的蛇的动静。

三、溶洞惊蛇

涛涛吓得上齿下齿正"格格格"地打架,还哆哆嗦嗦地抖出几个字:"我……这辈……子……最……怕蛇……"

骁骁正要叫他别妄动,但一回头,涛涛已经"啊——"一声开始乱跑了。他搅起的水花里已有迅速出击的水蛇在窜动,骁骁不得不出手打出月影针,一根根钉向游动的水蛇。

而盘在石笋石柱上的蛇好像受到什么指使,也开始向骁骁发出攻击了,纷纷飞跃到空中。骁骁自然是不怕的,从水面一个飞身在空中停住,手心已唤出他最拿手的月寒剑,随着他在空中的旋转,剑气已在出招时一圈圈打出。

涛涛跑不远,一方面脚下的水越来越深,一方面不熟悉地形,几次都摔滑在水里,爬起来继续跑。要不是骁骁不时打掉进攻涛涛的蛇,就他那一身胖仔肉,早就成了蛇嘴里的美食了。

骁骁对付区区几条蛇倒还轻巧,腾出手来顺势打出一掌,将逃命中的涛涛从水中击飞起来,足够把涛涛反弹到高处的平台。涛涛落下后,四下里暂时没有蛇也没有水,他才松了口气。

可另一出入口突然跑出好多人来，都惊声尖叫着迎面撞上涛涛，双方都被吓到了，引得骁骁飞身上来一看，嘿，怎么洞里还有人？

那些人看起来像是游客的模样，惊吓过度的脸上不知是汗还是水，指着后面直哆嗦，"蛇……蛇啊……好多蛇……"说话间，骁骁已感觉到他们后方一股腥风扑来。

众人吓得跟涛涛挤在一起，都退缩到高处平台，眼见着地上四面八方爬出了好多细小如蚯蚓的小蛇。

骁骁飞身而上，调来照明的月光球，这回他看清楚了。"奇怪，这是地底的盲蛇。"

涛涛忙问："你怎么知道？"

骁骁点头说："你的百科全书我看了，里头说这种盲蛇主要在岩石或地底活动，它们眼睛退化，本身不具备毒性和攻击性，但奇怪的是，它们好像受了召唤，成千上万地出动，还冲着人来。"

涛涛一急却还能脱口而出："萨多魔法，一定是，这里有坏人！"他看着跟他挤在一起的那些游客。

游客听他们一来一去的对话，早懵了。有人问："你

三、溶洞惊蛇

们是鬼吗?还会飞?"他们对停在空中的骁骁也感到恐惧。

"NO,他是我的……机器飞侠!"涛涛信口胡诌。游客们也顾不上追问,地上无数的盲蛇已围住了他们。

忽然,空中传来一阵悦耳的乐音。乐音一出,地上的盲蛇居然停止前进,都纷纷昂起头,朝着乐音的方向。它们的确没有眼睛,但对声音有感应。

原来,悦耳的乐音是骁骁吹出的,不知什么时候,他手里多了一只陶笛,在他的吹奏下,乐音有了指引意味。很快,那些盲蛇纷纷聚拢,再聚拢,一直聚拢在骁骁身下,围成一圈又一圈。而刚刚水里和藏身在各处的水蛇也游走了出来,爬行到蛇堆里一齐仰头望着空中的骁骁。

千万条蛇蠢蠢欲动,这一次,骁骁能解围吗?

（四）百花谷唱颂

1

"咣当咣当"石洞的门被打开了，进来两只黑蝶守卫，看不清神情，但一言不发杵在那，身影透着严肃和冷漠，拿着武器守在两旁。一只翅膀上有豹纹的老蝴蝶走了进来。

黑蝶守卫没好气地冲小芊说："快过来，拜见豹蝶国师！"

什么？拜见？小芊不耐烦地翻了翻白眼，没理她们。这不过是个蝴蝶的世界，相比于人类的世界，简直是小巫见大巫，凭什么要人类向蝴蝶屈服？小芊打心眼儿里不服，因此仍旧坐倚在岩石一角，不动不响。

黑蝶守卫气得挺起尖枪就要吓唬小芊，被豹蝶国师伸

四、百花谷唱颂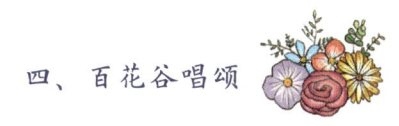

手制止了。

豹蝶国师也不声不响，抬手朝小芹一捏。小芹就不由自主地腾身而起，一下就被对方捏到面前，还被捏住了脖子。

近距离看豹蝶国师，老实说，真不好看，还有些恶心。一只虫的身躯，脸上的褶皱和突出的大眼，有些吓人，头上那对触角还不老实地在小芹的脸上探来探去。

"你就是蝶小芹？"要是豹蝶国师的问话语气能让人舒服点儿，小芹说不定会告诉她自己姓"董"，不姓"蝶"。豹蝶国师不愧是国师，也不知哪来的力气，能一把将小芹捏到空中，手劲里还有种冰冷的气息，让小芹闻着想吐。

"老实交待，你是不是黄蜂贼的奸细？"

小芹喘不过气，直到被对方扔回湿漉漉的地面，喘顺了才说："什么黄蜂贼？我不知道。我是人，是市实验小学四年级1班的董小芹，不是什么蝶小芹。"

"哼，人？人怎么会有我们蝶族的翅膀？还是粉蝶黄翅科的！"

小芹看了看身侧的黄蝶翅，不知道说什么好。

"你还想加害我们新晋的娜娜公主，真是胆大包天！

瓷娃骁骁历险记：丹霞惊魂

再不老实点儿，我叫人剪了你的翅膀，你一辈子也别想离开蝴蝶宫。"

豹蝶国师临走还踢了小芊一脚，踢得她大腿一阵阵生疼。娜娜同学如今成了蝴蝶公主，大概也顾不上小芊了。如果那天她们没踏进百花谷，也许就没事了。但如今，她成了阶下囚，真不知道接下来会怎样。

那天，是一只名叫六六的小蜜蜂救了她们。小蜜蜂六六从空中飞过，听到了小芊和娜娜的呼救声，发现她们被困在蜘蛛网上，毅然几次冲撞才从蛛网上救下她们。

小蜜蜂六六发现她们跟其他蝴蝶不同，但又不懂为什么。得知面前是小蜜蜂不是大黄蜂后，看在对方不那么恐怖的长相上，小芊才放下心头的恐惧。

小芊告诉小蜜蜂六六，她们喝了山泉水，一觉醒来就长出了蝴蝶翅膀，也不知道是为什么。

小蜜蜂六六笑得在空中直翻滚。"估计你们喝了蝴蝶泉，是从蝴蝶宫里流淌而过的，其他昆虫都知道不能试，因为喝了会变异。"

好吧，小芊也想不到人喝了蝴蝶泉的水会变成蝴蝶，

四、百花谷唱颂

这下该怎么办呢?还是小蜜蜂六六聪明,它说如果想要恢复人身,估计得到百花谷的蝴蝶宫去找找办法。它还主动说愿意帮助小芊和娜娜到蝴蝶宫去求助,那里它熟门熟路。

小芊心想,现在一时联系不上骁骁,实践基地那边估计也在设法找她们,只是肯定想不到她们变成了两只小蝴蝶,既然没法指望谁来救,就只能她们自救吧。

蝴蝶宫,多美的名字,应该不会有什么可怕的吧。

2

在小蜜蜂六六的引导下,小芊和娜娜学会了御风飞翔,借着风力,扇动翅膀不那么费力了。

"六六,你为什么叫六六啊?"小芊问。

"是不是你爸你妈希望你六六大顺?"娜娜也追着问。

小蜜蜂挠挠脑袋:"据说我出生时,蜂后妈妈数到我刚好数到六十六,我就叫六六了。"

她们一起飞越蝴蝶泉,飞越丹霞砂岩,飞越一潭绿水,飞越几处深涧,总算到达了百花谷。名副其实的百花谷啊,藏在深山的一处山坳里,百花齐放。小芊很是吃惊,要知

道此刻快到秋天了,怎么百花谷里什么花都有,仙境一般,岂不怪哉?

一到百花谷,两只小蝴蝶就被百花深深吸引住,她们扑进花丛里,在各种花瓣花蕊花香中盘桓,忽上忽下忽停忽闪各种流连。

"哇,太美了,美得不像真的,像在梦里!"小芊扑进一朵花的花心,连打了几个喷嚏。

娜娜也是忘乎所以,在大朵大朵的花上各种翻飞,还跟花瓣比比自己的翅膀,好自恋。"我要直接住在花里,哪也不想去了,这是最美最浪漫的事!" 据说,蝴蝶是无法拒绝花的美的,因为总要跟花比美。

四、百花谷唱颂

小蜜蜂六六坐在一朵高高的花上,摇着脑袋表示不屑。"少见多怪!我们每天忙着到处采花蜜,各种花都看得不爱看了,你们可真是见识少!"

它哪里知道,作为人看花的时候,花再美也不过是一小朵。而变身成蝶一下扑腾到巨大的花朵里,小芹和娜娜真的几乎要迷失自己,甘心就睡在美丽的花朵和芬芳里。

"呜——呜呜——"远处传来一阵沉重的号角声。小芹和娜娜同时在两处花心里撑起身子,朝远处望去。小蜜蜂已飞身上空,招手叫她们跟上。

百花谷里慢慢响起了雄壮的音乐,沉闷但很悲情。

美丽的蝴蝶宫坐落在百花谷的正中央,像一座中世纪欧洲的建筑,五彩斑斓,雄

瓷娃骁骁历险记：丹霞惊魂

伟壮观。宫门前的广场上，无数的蝴蝶正在唱颂，它们的头顶上空有无数粉状物在飘浮，慢慢聚拢，再聚拢，最后形成一只巨大蓝色蝴蝶的轮廓。

小蜜蜂六六告诉小芊，蝴蝶宫正在举行唱颂英雄的仪式。原来，它们正在为阵亡的蓝蝶军团唱颂。蝶王蝶后出现在蝴蝶宫天台，与所有蝴蝶一起唱颂。"我的蝴蝶孩子们，我们不悲伤，不为牺牲而悲哀，我们要为蓝蝶军团的牺牲而振奋，而倍受鼓舞，要更有勇气战斗，誓死保卫蝴蝶宫，保卫百花谷。"

空中的巨型蓝蝶轮廓像光一样四散开去，闪闪烁烁散落在百花丛中。

蝶王的讲话响彻四周，鼓舞人心，连在不远处的小芊和娜娜都受到了感染，心潮澎湃。娜娜还忍不住鼓掌叫好。

"好——"娜娜的叫声吓了小芊和小蜜蜂六六一跳。广场上无数蝴蝶都听到了这一声大好叫声。无数道目光直射天空，娜娜停止了鼓掌，正想笑笑缓解一下尴尬。

"噗噗噗噗——"一下从蝴蝶群里飞出好多蓝色蝴蝶，拿着武器围住了小芊和娜娜。

四、百花谷唱颂

小蜜蜂六六赶紧上前圆场:"别急别急,误会误会,自己人!自己人!"

然而,小芹和娜娜已被不知从何而来的花藤一下捆住,丢到了蝶王蝶后面前。

3

四下里的蝴蝶各种叽叽咕咕议论着,对躺在地上的小芹和娜娜指指点点。

小芹这才注意到,好多蝴蝶五颜六色,可就是没有黄颜色的蝴蝶。娜娜挣扎着告诉小芹,问她:"她们想干什么,会不会打我们?"

小芹强迫自己镇定下来。她想起跟骁骁一同经历的种种危险,每回都是骁骁率先镇定下来,观察事态的发展,再想清楚该怎么办。

小芹冷静地看着四周,凭直觉,她认为蝴蝶们眼里虽然有敌意,但更多的是对她们感到惊奇。毕竟颜色是最强的视觉冲击,那些蓝色、黑色、白色、各种斑点色的蝴蝶们看到鲜艳的黄颜色蝴蝶,大概很觉新鲜。

瓷娃骁骁历险记：丹霞惊魂

　　当然，估计它们更没见过人变成的蝴蝶，身躯就有明显的区别。小芊自认为自己要比蝴蝶的昆虫之身要顺眼多了。事实上，她们在昆虫眼里，才是变异怪物。

　　小芊忽然想到，这种时候绝不能跟对方硬碰硬，对方势众，得智取。她对娜娜说："给它们跳支舞，一定要惊艳到它们。"

　　"什么？你疯啦？"娜娜简直不敢相信听到小芊叫她跳舞的话。

　　小芊目光坚定："它们正在举行唱颂仪式，是颂扬它们的英雄，我们不能破坏仪式。你想想对不对！"

　　娜娜也算聪明，立刻明白小芊的用意了，只好抬起头对蝶王蝶后笑笑，说："尊敬的蝶王陛下，我是从天上云霞深处飞来的，要来为阵亡的蓝蝶军团献上一支舞，你们这样捆着我，不合适吧？"

　　蝶王蝶后对视一眼，被娜娜的神秘理由给唬住了，只得命手下黑蝶守卫给小芊和娜娜松了绑。

　　看来，随口胡诌的话果然哄住了蝶王蝶后，娜娜这时候镇定下来，她高昂起头，平时端着舞蹈的那个架势就出

来了。她很有范儿地命令："音乐——"

蝶王反应过来，朝手下点点头，负责奏乐的蝴蝶就意会了，音乐声从百花丛中悠扬飘出。

娜娜的黄蝶翅一开一合，随着她的舞步开始轻灵舞动，曼妙的舞姿里，所有的蝴蝶都看呆了，直到娜娜飞舞到空中，不少蓝色蝴蝶在音乐的感召下也慢慢起舞，配合娜娜完成了一次精彩绝伦的舞蹈表演。那美丽的蝶舞情景，连小芊都看得入神。

一曲舞毕，蝶王蝶后高兴极了，众蝴蝶发出经久不息的欢呼声，为娜娜喝彩。

娜娜在众多崇拜的目光里飞落到蝶王蝶后面前，一脸的骄傲自豪。小芊也不住地竖大拇指赞她厉害。蝶王蝶后上前扶住娜娜的手，说："做我们的干女儿吧！"娜娜愣了一愣，还没反应过来，四下里爆发出更加热烈的欢呼。

"蝴蝶公主！蝴蝶公主！蝴蝶公主！蝴蝶公主……"

4

"最啊，她摇身一变，成了蝴蝶公主，哪里还会想到

四、百花谷唱颂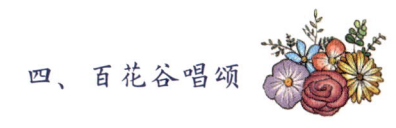

我呢?"

小芊坐在石洞里又开始有些沮丧。老实说,她不羡慕什么公主,她更想念爸爸妈妈,不知不觉,泪水滴落下去,刚好滴在海月珠上。

恍惚中,海月珠发出明亮的光芒。"小芊——"

是骁骁的声音。小芊顿时精神起来:"骁骁,骁骁你在哪?快来救我!我……我被关在蝴蝶宫。"

"蝴蝶宫?是在丹霞山里吗?"

"是,在一个……叫百花谷的地方,我被蝴蝶关起来了。"

"蝴蝶?你再说清楚点儿……"骁骁的声音渐渐又没了。无论小芊再怎么把泪水抹到海月珠上,海月珠都没再回应。

希望这次偶然送出的信息,能让骁骁找到自己,小芊在落寞中又想起这几天的事。

那天,蝴蝶宫还举行了公主加封仪式,众蝴蝶亲眼见证了来自天上云霞深处的黄蝶娜娜在蝶王蝶后的祝福里戴上公主花冠,荣升为蝴蝶公主。

瓷娃骁骁历险记：丹霞惊魂

整个蝴蝶宫都沸腾了，大家载歌载舞，连蝴蝶公主的朋友小芊同学也受到大家的热情招待，好吃好喝的不住地摆到她们面前，无数的蝴蝶在音乐声中欢快起舞。

小芊却还保持着足够的清醒，她提醒娜娜："娜娜，你千万不能糊涂，找机会问问蝶王，咱们怎样才能变回人身，离开此地！"

"离开？我为什么要离开？我再也不想走了，我不想回去当什么苦命的学生，也不想再见整天闹不合的老爸老妈，我要当我的蝴蝶公主，快乐才是第一重要的！"娜娜公主不屑地丢下小芊，自顾自地玩乐去了。

小蜜蜂六六反倒安慰小芊："别难过，其实在蝴蝶宫可以生活得很开心！"

小芊瞪了六六一眼："怎么开心？它们不是还跟黄蜂军没打完仗吗？"这话问得太大声，以至于现场的许多蝴蝶都听到了，一时冷场，众蝴蝶悻悻然退出去。

小芊知道自己说错话了，无辜地低着头喝饮料。据说那是蝴蝶宫的百花酿，能让人忘忧，真的是忘忧啊，几杯下肚，小芊渐渐有些迷糊。

四、百花谷唱颂

小蜜蜂六六赶紧提醒小芊,千万不能喝太多,会忘了自己是谁的。

小芊站起身:"别管我,我要叫娜娜一起走,我们要回去!"小芊说着,感觉有人把手放在她脖子上。她大吃一惊,发现对方在扯她的项链,那正是她的海月珠。

小芊气得把手上的水杯扔出去,"别抢我东西!"水杯飞去后,不偏不倚地打在娜娜公主的头上。

众蝴蝶都吓坏了,几只黑蝶飞扑过来,不由分说将小芊摁倒在地。

小芊还没怎么清醒,就被人丢进了黑漆漆的石洞里。

五 老头名叫黑龙煞

1

丹霞山区的夜雨给搜救队造成极大的阻碍，特别是山区大雨往往伴随电闪雷鸣，那天地同时被撕裂的感觉，仿佛众神发怒，足见人之渺小。森林警方为了所有搜救人员的安全，强制要求所有人员都撤到安全地带，等候雨过。

外头大雨究竟下了多久，被困在溶洞中的人根本没法知道，在被众蛇围追的时候也无暇去想外头怎样了。骁骁从倒灌进洞的水量大约判断出外头的雨势雨量，心知目前是没有出去的希望。

眼下，他得先把那成千上万条让人毛骨悚然的水蛇和盲蛇给安抚好。骁骁随手召唤出的陶笛其实从一开始他

五、老头名叫黑龙煞

就随身携带，那是他在失去哥哥乌达之后仅存的念想，是四百年前哥哥乌达在制陶时研究出来的东西，做着给骁骁玩的。没想到在这场合派上用场了。

骁骁从来好音乐，陶笛的吹奏也是哥哥教他的。此刻，骁骁吹奏的陶笛曲子带着一种古风感觉，低沉却很有力度，渺远却又直击心灵。洞底水中、地上各处的水蛇、盲蛇都被陶笛乐音给迷惑住了，纷纷昂起身子，朝向空中的骁骁。乐音正在悄无声息地荡涤它们身上的攻击欲望，渐渐地，所有蛇都掉转方向，朝四方散游而去，转眼，便都不知去向了。

涛涛和其他被困游客都松了一大口气，为降落在他们中间的骁骁鼓掌点赞。经了解，这些人因为之前没有听从景区的安排，于昨夜偷偷滞留在溶洞内，图贪玩，没想到竟遇上水流倒灌，还有不知何故的蛇类追杀。

时间已过一夜，好几个人开始紧张、恐慌，因为手机完全没了信号，紧急求救电话也打不出去，还有他们带的食物包括水也所剩无几。他们寄希望于涛涛和眼前神奇的"机器飞侠"骁骁。涛涛总算压制住冲动，没告诉他们骁

骁是会魔法的瓷娃。

总算安抚好众人的情绪，骁骁和涛涛在一旁研究办法时，意外听到一个怪异声音，"叮——"，似乎那声音是直接打入骁骁耳朵的。旁人没有任何反应，骁骁警觉到这声音必是针对他。

那声音还在持续，频率十分奇怪，"叮——叮叮叮——叮——"不像人声，不像动物之声，也不像草木之声，更不像金属之声，那是什么呢？不料，骁骁一个激灵，就在涛涛面前瞬间石化了。

涛涛吓一跳，刚刚还在一起说话，转眼骁骁就变成一尊石像，摸上去冰凉坚硬，是石像没错，怎么叫唤都不回应。

五、老头名叫黑龙煞

"骁骁,你别吓我!你变什么不好?变成石头开什么玩笑?"涛涛的责备引得众游客过来观望,一见石化的骁骁,坏了!刚刚还生鲜活泼像个小男孩的骁骁,怎么就变成石头了?越想越怕,众人不知所措。

"小兄弟,你这机器人怎么回事?不会是坏了吧?"

涛涛急得直跺脚:"我怎么知道?刚刚还好好的!"无奈,他们只能干等着。涛涛还不算傻,抬头看看飘浮在空中的月光球,咦,月光球还能照明,说明月光魔法还有效,如果魔法还有效,就说明骁骁没事。

瓷娃骁骁历险记：丹霞惊魂

涛涛不敢声张，暗暗压住心中的小确幸，只是不知道到底骁骁干什么去了。附近会不会还有什么东西潜伏着？

2

骁骁表面石化了，而他的意识却在一种迷幻般的声音和光影里向前摸索。

在他前方，光影中有一条蛇在水气里游移，要把骁骁带向某个地方。骁骁自然是不怕的，他也想一探究竟，到底是什么人如此诱引他？是否别有用心？是否跟小芊的失踪有关？不管多危险，他也要勇敢向前。

好像穿过一条很长的甬道，前方的迷幻之光渐渐转为斑驳七彩，再近些，一步跨入一处洞府，那条引路的水蛇一晃不知去向。而骁骁再回望，来时路已隐在水波茫茫中。

既来之，则安之。骁骁环顾洞府，似乎是一处水中府第，陈设古色古香，十分精美奢华，都是水族之物，比如扇贝盆钵、珍珠灯盏、珊瑚桌椅、琉璃墙镜等。

不知道的还以为进了小型的水晶宫呢。骁骁正纳闷，

五、老头名叫黑龙煞

身旁不知从何处窜出浓浓黑烟,环绕骁骁两圈,形如黑龙,好像在试探骁骁。

骁骁镇定问道:"何方神圣,不必藏头露尾,引我来此,有何贵干?"

话音一落,那黑龙状黑烟果然不转圈了,在骁骁面前停下并聚拢,一会儿渐成人形,从黑烟里幻化出一身黑袍的老头。

看上去,老头没有预期中的面目狰狞,除了黑袍让他看上去有些阴冷,他的面相倒是白净温和的。

"你是何人?"骁骁已经尽量克制内心的不满,莫名其妙被引到此地,心情自然不太愉快。特别是如果对方不能以真面目示人,必有什么不可告人的目的,得时刻提防。

黑袍老人却没有凶神恶煞地跟骁骁对着干,反倒面色一忧,说:"小兄弟别怕,我是这里的主人,黑龙煞。"

"这是哪里?"

"丹霞山,黑龙潭。"老人家不像要隐瞒什么的人,语气温和。

五、老头名叫黑龙煞

骁骁点点头:"老人家把我引到此处,是何用意?"

"实在不好意思,只能以这种方式跟您交流,回头我就让水蛇除掉迷惑你的石化咒。"黑龙老头请骁骁坐下,伸手拨弄一下桌上的夜明珠,屋子更亮了点,他这才接着说:"老朽在这黑龙潭里住了快五百年了,外人无人知晓,但老朽也不再过问世上之事,无论世界如何变迁。"

"那你为何召唤出那些蛇类来为害人们?"

"不是我,是我那不听话的守卫水蛇,胆大妄为。但也亏得那些水蛇,我才发现你的魔法。"

黑龙老头伸手握住骁骁的手,瞬间,骁骁感应到黑龙煞有很强的萨多魔法力量,试图钻进骁骁的手心。骁骁大吃一惊,一个飞身踢飞椅子,将黑龙老头反弹出去,撞在石壁上。

黑龙老头一点事也没有,反倒俯身作揖。"小兄弟受惊了,老朽绝无加害之意,只是想让小兄弟查看一下,我身中何法?"

"你……你会萨多魔法?"骁骁直接问关键。

"不,老朽并不知道自己到底会的是什么魔法。今日

才从小兄弟口中得知,那么,萨多魔法到底会怎样?"

骁骁很认真地判断黑龙老头的眼神,却无法看透那眼神里的真与假。

3

所谓防人之心不可无,何况面前一个会萨多魔法的老头,骁骁心里还是多设一道防线的,随时准备迎接对方的袭击。

"萨多魔法,是一种……"骁骁想解释,可想了想,却也解释不了,"我只知道,是一种邪恶的魔法,能控制人的心智,为其所用,背后是谁,我并不知道。"

黑龙老头有些失望:"这么说,五百年来,老朽被困于此,就是被人控制利用了?"

骁骁摇摇头:"这个……我也无法判断。此前接触过多次,但始终不知道萨多魔法来源于何处。"

"老朽还能解脱出来吗?五百多年了,我再也不想这样人不人、鬼不鬼地待在这种地方。"黑龙老头的神色看起来忧郁,倒是真诚的。

五、老头名叫黑龙煞

骁骁无奈地叹口气:"据我所知,萨多魔法是一种无法回头的魔法,一旦进入便永生不可解脱。"骁骁不由地想起自己的哥哥乌达,如果乌达不是深陷萨多魔法的控制,也许他们兄弟俩就不会闹得天翻地覆,或许,在四百年前他们就可以安然度过各自平凡的一生。

"那么,黑龙老者又是因何堕入萨多魔法之道的?"骁骁想,得知道个来龙去脉,反正看上去,人家没有加害于他的意思,暂时不会有什么危险吧,于是心头稍有松懈。

黑龙老头摇头叹息,回忆起当年之事。身后一面琉璃墙在他的黑袖一挥之下,幻出当年情景。

时间已经久到忘了年份,那时候丹霞山比现在还要美,而且是七彩云霞之下的风光。那景象让镜像前的骁骁都大吃一惊,美得仿如仙境。

那年,黑龙还只是一个丹霞山里的养蜂人,他去集市用蜂蜜换些生活物资,还会不时帮助一些生活上有困难的人们。人们都快活地称他"小龙",黑龙就会愉快爽朗地回答,笑出满脸阳光。

有一天,丹霞山里不知打哪冲进了一伙盗匪,一下把

瓷娃骁骁历险记：丹霞惊魂

原本祥和热闹的集市给冲得七零八落，一通打砸抢后还强抢民女，扬言要拉回山寨当各位贼头的夫人。只要有人反抗，他们的刀剑就不长眼，连老人小孩都不放过，把好好的丹霞山搅得鸡犬不宁，人心惶惶。

有人想报官，黑龙知道那没用，官匪勾结，人尽皆知；有人想永远离开此地，黑龙劝大家要保卫世代生活的美丽家乡，不能拱手让给恶人。于是，黑龙带领志愿村民摸进山林，正面与盗匪抗争，双方的鲜血都洒在了丹霞山美丽的土地上。

可是，万万没想到，另一方早已埋伏好的官兵，射出无数暗箭穿过丛林，不分山贼与村民，统统剿杀。镜像里的画面，仿若昨日，此时黑龙老头面有泪痕，忧伤道来。

原来，官府也因匪患而年年头疼不已，故意设计让盗匪出来横行乡里，之后激发乡民自觉反抗，借助村民的力量正面打击盗匪，官府埋伏其中，伺机两面夹击，将山贼与村民全部歼灭。

黑龙亲眼看着自己的乡民被各种暗箭穿心，他奋起反抗，杀红了眼，最后被追杀到红崖之顶。前无可进，后无

五、老头名叫黑龙煞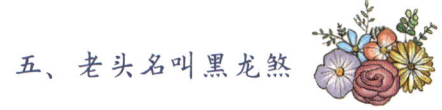

可退，黑龙身中数箭，最后被丢进红崖之下的水潭。

4

琉璃镜像映出当年仇怨往事，骁骁也见识了黑龙是如何转变为黑龙煞的，从而明白了这个看上去温和的老头为什么会被萨多魔法所控制了。

关键就在于黑龙老头那无休无止的怨气。就像当年骁骁的哥哥乌达，正是受了人家欺负的气，满心的不服，满心的怨忿，才让游走在人间的邪恶的萨多魔法有机可乘。乌达当时被一股神秘的力量所攫住，最后为了满足自己求胜之欲，几乎等于把灵魂出卖给了邪恶的力量。

骁骁还想起先前在石城，那个制作了《海边春秋图》的异士，居然将凤凰女的记忆藏在那幅古画中，试图以萨多魔法的力量瞒天过海来拯救石城，结果差点将石城推入万劫不复的仇恨里。

现在，骁骁十分清醒，眼前的黑龙老头不就是因为满身的怨怒之气不死，恨心不死，以至于让萨多魔法瞄上他的吗？

瓷娃骁骁历险记：丹霞惊魂

那么不知不觉染上萨多魔法的黑龙守在黑龙潭里五百年了，他究竟做了什么破坏美丽人间的事？骁骁正想问黑龙老头时，老人家已经神色大变。"坏了，坏了！老朽罪大矣！"

骁骁好像也意识到什么了："难道，之前美丽的七彩丹霞之所以会渐渐消失，是因为你？"

骁骁想起先前在涛涛百科全书里读到的内容，世界上丹霞地貌可以划分为几个时期，就像人有青少年时期，壮

五、老头名叫黑龙煞

年时期和老年时期。而资料显示，此处的丹霞地貌已属老年期。虽然人们看到的丹霞山还是那么美，事实上，她的美正在悄无声息地消失。

原来，黑龙不死之怨气使他变为黑龙煞，数百年来在黑龙潭底吸收丹霞山的灵气，日复一日，年复一年，把丹霞山原本的七彩给吸成了只剩下越来越淡的红色。而且随着时间流逝，大自然不可逆转的风化，丹霞的红彩也正在老化褪去。

瓷娃骁骁历险记：丹霞惊魂

　　骁骁这么一解释，黑龙老者恍然大悟。他颤抖着倒退几步，身上的黑袍开始氤氲开一缕缕的黑烟之气。

　　"不，不是我，不是我，我不能这么干，我……我……"突然，黑龙老者扬手爆发大喊："不——不——"他无形中释放出的力量一下将洞府里的珠贝、珊瑚、夜明珠等统统震飞，有的撞击到琉璃墙上，摔碎了。

　　骁骁没有防着对方突然爆发的怒气，一下也被震飞起来。更没料到黑龙煞突然伸手钳住骁骁，一怒之下开始吸收骁骁身上的灵力。

　　巨大的水流漩涡中，骁骁用尽全身力气将黑龙煞蹬开，飞速撤出迷离幻镜。

六 大放异彩海月珠

1

是了,那天真是喝了太多的百花酿,都怪自己不听小蜜蜂六六的劝告。小芊越想越懊悔。

以前,在家时老爸老妈就一再告诫自己,出门在外一定要特别注意不能随便吃喝陌生人给的任何东西,那种时候还老嫌他们啰里啰唆,太低估小芊智商,可这时再想起来,反倒悔恨自己的自以为是。果然是不听老人言,吃亏在眼前啊。

小芊想来想去,那天自己情急之下,丢出了水杯,结果听到有人大声惊叫,好像是叫:"不好啦,有人要谋害蝴蝶公主啦!"

瓷娃骁骁历险记：丹霞惊魂

哦，真的想起来了，自己那随手一丢的水杯，不偏不倚正砸在了娜娜的头上。娜娜已荣升为蝴蝶公主，被她的水杯砸个正着，那些小蝴蝶们还不得惊慌失措呀？！

当时一大群黑蝶守卫就朝小芊扑过来了，七手八脚地把晕乎乎浑身乏力的小芊给拎起来，一把丢进了黑暗潮湿的石洞。

"都怪娜娜爱慕虚荣，非要当什么蝴蝶公主，这下好了，想回也回不去了！"小芊自言自语地隔空骂着，其实心里却在自责，怎么这么糊涂没用？！

正在无比懊丧时，角落里传来异样响动，不是很大动静，但小芊注意到了。黑暗中，好像从地底爬出了两三个黑影，吓得小芊赶紧问："谁？是谁？"

黑影走到略微光亮的地方，小芊才看清，原来是小蜜蜂六六。"小芊别怕，我来救你！"

"太好了，原来是你！那他们……"小芊发现六六背后还有两个黑影，闷声不响的。

"哦，都是朋友，别怕！"六六说着，伸手示意两个黑影站到光亮中。小芊一看，妈呀，差点吓晕过去，它们

六、大放异彩海月珠

那张牙舞爪的模样,怎么也没法让人忘记——那不是蚂蚁吗?好大只的蚂蚁。

没错,是两头巨型蚂蚁,之前在石城的画壁空间里,那三头巨型蚂蚁还袭击小芊他们了,至今想来还心有余悸。

小蜜蜂六六连忙说:"别怕,它们是我请来的帮手,我自己没办法挖出地洞,幸亏是蚂蚁朋友帮忙,我们才挖到这里,咱们就从地洞里逃出去,要快。"

"可是,我同学娜娜……"

"她已经是蝴蝶公主了,她都没在意你,你何必在乎人家呢?"小蜜蜂说得很急切,怕再晚会被黑蝶守卫发现,到时就走不了。

"可我们毕竟是同学,我们还同桌呢!"小芊还是觉得事情不能太草率,主要是相信同学是不会对她怎样的,哪天娜娜想起来了,自然会放她走。

可小蜜蜂六六却急着说:"这里没你想的那么简单,一旦蝶王蝶后听说你要加害娜娜公主,谁也保不了你!"六六说话的时候,眼里不时瞄了瞄小芊脖子上的海月珠。

小芊想想,也有点担心事情会不可收拾,点头准备跟

瓷娃骁骁历险记：丹霞惊魂

小蜜蜂走。小蜜蜂伸手牵起小芊，这一牵突然吓到了小芊。小芊"啊"一声惊叫，缩回了手。

"怎么了？"六六忙捂住小芊的嘴，怕她惊动黑蝶守卫。

而小芊已经意识到那捂住她的毛茸茸的手，就是那天不老实伸向她脖子的手！

2

对，那天喝太多百花酿之后有些找不着北的小芊，还能惊觉有人摸她的脖子，并且扯住海月珠的链子。

当时小芊惊慌之中为了躲开，情急之下丢出了手上的水杯，在顾不上水杯丢向谁的时候，她回手碰到了毛茸茸的手。是了，那天那毛茸茸的手一定是要扯走她的海月珠。只是，当时事发紧急，小芊还没注意到是谁，她就被扑上来的黑蝶守卫给摁倒在地了。

此刻，小芊意识到小蜜蜂六六的手就是那天扯她海月珠的手，毛茸茸的感觉错不了。小芊心里开始害怕，他们在黑暗中僵持一会儿，没有黑蝶守卫过来。

　　小蜜蜂六六就放开了捂住小芹的手，再度拉起她，跟着两头大蚂蚁钻进了地洞。

　　不知道爬了多久，小芹总觉得自己后背的翅膀太累赘了，这里刮那里碰，耽误她的进度。之前她还试图扯掉翅膀，可是那分明已长在她身上，长到肉里，骨肉相连的翅膀怎么可能扯下来？还不得痛死？！

　　总算爬到出口，嗬，迎面扑来好新鲜的空气，带着雨后的清爽。小芹站起身一看，不正是在百花谷的一角山丘

瓷娃骁骁历险记：丹霞惊魂

吗？底下百花竞放，各种香气弥漫在空中。如果没有不愉快，眼前的百花谷怎么看都美丽绝伦，犹如仙境。

小芊拍拍身上和翅膀上的泥土，礼貌性地对一直静默在旁的两头大蚂蚁表示感谢，其实头都不敢抬，不敢多看它们一眼，对它们身上折射出的黑油油的光都感到恐惧。

六、大放异彩海月珠

小蜜蜂六六说话时已经振翅起飞,指着方向要带小芊飞出百花谷。但他们才到半空飞出不远,就听见空气中不安的强烈震动,扭头一看,哇,那是铺天盖地的一大片黄蜂军啊,转眼大军已经像云层低低地压在了百花谷上空。

小蜜蜂六六赶紧拉着小芊急转直下,扑到一处花朵下藏起来。黄蜂军就从他们头顶飞过,强大的气场把四下花叶带得东倒西歪。小芊差点被倒下的花枝给压到,幸亏小蜜蜂一把将她扯开,闪得及时。

透过花叶间隙,小芊看到蝴蝶宫里的蝴蝶军也武装迎战,特别是蓝色蝴蝶军,飞扑出蝴蝶宫时相当壮观。但跟有备而来气势汹汹的黄蜂军一比,蝴蝶还是柔弱多了。

大战一触即发,空气中的花香都变得异常燥热。因为太远,小芊听不到双方是否在阵前对话,反正稍不留神,双方已混战在一起。这一场大战跟之前小芊看到的蜂蝶大战大不一样,因为此刻就身在其中,不断有黄蜂和蓝蝶从天空跌落,纷纷落在小芊身旁,惨不忍睹。

要么是美丽的蓝蝶被剪了翅膀,与花瓣一起纷飞;要么是黄蜂折了翅膀,当头栽下。总之现场极其惨烈,小芊

瓷娃骁骁历险记：丹霞惊魂

越看越觉得心惊肉跳。

正当双方战得不可开交时，从蝴蝶宫里直飞而上一只鲜黄的蝴蝶。小芊和六六都看得真切，那不是娜娜公主，还能是谁？小芊吓得捂住嘴，生怕叫出声会引来黄蜂袭击，心里更多的是替娜娜担忧。

娜娜呀，你怎么敢冲上战场？那可是生死之战啊！

3

一飞冲天的蝴蝶公主娜娜也不知道哪来的勇气，主要是被气炸了肺。她也没法站在一旁只观战不出手。

眼看着蓝蝶军团在凶残的黄蜂军面前如卵击石，娜娜实在忍不住。为人时的娜娜就是个暴脾气，通常她接受的教育就是遇到危险首先要想到保护自己，确保安全的情况下，再通过智慧想办法报警，寻求协助力量，万不可不自量力冲出去面对危险。

然而，此刻关系到她的蝴蝶宫能否生存下去，她是蝴蝶公主，就不能眼睁睁看着蝴蝶公民白白牺牲。她总得做点什么。

六、大放异彩海月珠

是到了她发挥的时候了,娜娜连跟蝶王蝶后请示都没有,就一飞冲天。愤怒之下的娜娜去势还挺猛,飞上空中后立马正面对上了黄蜂兵。她只知道一通乱打,但乱中还是有点招式的,毕竟她的跆拳道不是白学的,总算派上用场了。

娜娜在空中大喊大叫,随着各种冲击,她要么出拳要么出腿,嘿,一时之间,那些愣头愣脑的黄蜂兵居然被她吓住了,被她打得七零八落。

娜娜也没想到看似强势的黄蜂兵其实根本不堪一击,自己左一拳,右一腿,轻松就能打中那些笨头笨脑的黄蜂兵。蓝蝶军团见到她们的蝴蝶公主这么厉害,英勇地冲在前锋,大家一时士气大振,都欢呼起来,出手更加干净利落更加勇猛迅捷。

而领军的大黄蜂也发现了对方一只黄色蝴蝶貌似是个不好惹的角色,指挥之下大批黄蜂兵开始拥向娜娜。

在花丛中的小芊发现了大黄蜂的诡计,周边开始围起一大圈力量,都冲着娜娜去。

"不行,娜娜一个人对付不了那么多敌人,怎么办?"

瓷娃骁骁历险记：丹霞惊魂

　　小芊回头问小蜜蜂六六，六六却吓得直缩脖子，摇着脑袋。小芊没空细想了，站起身飞上花朵，站定后她捏出海月珠，迎风开始默颂骁骁教她的月光魔法咒。"咪咕咪咕……咪咕咪咕……"

　　海月珠的力量一经召唤，鲜艳的红光从海月珠里瞬间放射出去，红光在百花谷上空先是形成三片巨大的凤凰花瓣图案，接着三瓣合一，幻化出鲜红的凤凰鸟，在空中飞翔时仿佛有天籁之声一掠而过。

　　空中的蝴蝶和黄蜂都惊呆了，还来不及清醒时，凤凰鸟红光一闪，飞扑穿过空中战场，红光之中黄蜂军被一扫而过，纷纷剪翅，跌落尘泥。而蓝蝶军却安然无恙。

　　娜娜在空中也看呆了，待那红光过后，再一转身化入百花谷某处花朵上的小芊手中，娜娜这才看清是小芊帮了大忙。百花谷和蝴蝶宫一时沸腾起来，她们全部歼灭了前来偷袭的黄蜂大军，真是所料未及，又大快人心。

　　而藏身在花丛中的小蜜蜂六六这回真是看傻了，他没想到面前的小女生小芊居然拥有可以击杀千军万马的魔法力量。小芊在蝴蝶们的欢呼里被迎回了蝴蝶宫，又到了该

庆祝的时刻了,只是小蜜蜂六六默默地跟在后头,只有娜娜公主拉住他。

"喂,小芊救了蝴蝶宫,你凭什么闷闷不乐的?"娜娜公主好像看出了小蜜蜂的秘密。

4

蝴蝶宫再一次欢腾似海,歌乐如潮。

蝶王与蝶后在万众欢呼里起身为小芊戴上美丽花环,万众呼喊"公主!公主!公主!公主!"然而,一旁的娜娜无动于衷。

小芊知道娜娜此时不高兴,大概是因为自己抢了她的风头。小芊伸手让大家静下来,她起身很真诚地向大家鞠躬。

"谢谢蝴蝶宫所有的蝴蝶,你们真是我见过最美的蝴蝶!"

一句话,蝴蝶们又欢呼起来。好不容易才在小芊的安抚下静下来。豹蝶国师这时候出来,跪身向蝶王蝶后请示:"陛下,咱们蝴蝶宫万幸,有如神助,应该再加封一位蝴

六、大放异彩海月珠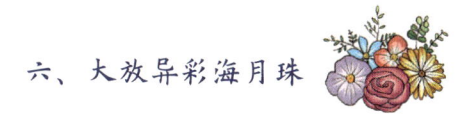

蝶公主。"

小芊赶紧摆手反对:"不不不,我知道我是突然的外来者,我并不奢求你们接受我,因为,我总是要离开这里的,我得回到我自己的……家!"小芊不大擅长在公众面前发言,以前在班里通知事情她都有点胆怯,这回是被迫,壮着胆说话。她眼角的余光已看到娜娜脸上的不开心表情包了。

小芊勉强笑了笑,接着说:"一切都是误会,我和娜娜……公主,我们其实来自……人类的世界,我们……是想来求助的,我们想……回去!"

底下蝴蝶们议论开了,叽叽喳喳的。蝶王和蝶后面面相觑,也不知道该说什么。豹蝶国师脸色也尴尬了。

"我知道刚刚我们经历了什么,我只是通过朋友的力量才打败了黄蜂,其实我……很普通的……我不要什么嘉奖,我只想问问大家,能不能帮助我……回家!"小芊觉得自己说得很真诚了,可是一时间的冷场让她有些孤独,她尴尬地站在风中,翅膀也在不自觉地微微抖动。

娜娜公主忽然站起身,走过来牵起小芊的手,说:"小

瓷娃骁骁历险记：丹霞惊魂

芊，怎么谢谢你才好呢？让我们庆祝三天吧！来呀，大庆三天！"全场蝴蝶被调动起了情绪，都呼应娜娜公主的号召，百花谷上空开始飘动各种美丽的花瓣，庆祝就这样开始并持续下去。

立刻有其他蝴蝶飞来，牵着小芊飞上百花上空，快乐地飞舞着。而小蜜蜂六六挪向娜娜公主身后，悄声说："可以放小芊走，但让她把那颗珠子留下，保护蝴蝶宫。"

六、大放异彩海月珠

娜娜瞪了小蜜蜂一眼,恨恨地说:"我们是同学啊,我们是最好的闺蜜,哼,你别打歪主意!"

当晚,小芊得到了蝴蝶宫最热情的接待,连娜娜也笑脸相迎,牵着她在众蝴蝶面前快乐起舞,一切仿佛让人忘记了所有的忧愁。

然而,小蜜蜂六六趁着小芊不留神,把什么东西倒进了她的水杯里……

七 悲情蚂蚁寨

1

在一阵轻微的颠簸中,小芹恍恍惚惚醒来。她感觉四周在晃动,一个激灵,她赶紧坐起来,四下看看,在碧绿的光线里,发现自己坐在一顶叶绿色的轿子里。

她第一反应就是马上摸一摸脖子上的海月珠,还好,海月珠还在。她探头出去,往前看见带路的小蜜蜂六六。奇怪,小蜜蜂六六很可疑,小芹已经猜到对方可能会趁各种机会抢走海月珠。

但为什么在小芹昏睡过程中,六六不偷走海月珠呢?小芹越来越聪明了,她还进一步猜到小蜜蜂六六可能发现海月珠需要有特殊的魔法咒语才能起作用,它不能没有小

七、悲情蚂蚁寨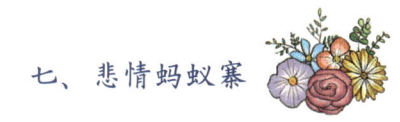

芊帮助,所以没动手。

此刻,小蜜蜂六六要把小芊带去哪儿呢?没征得小芊的同意,请了四只大蚂蚁抬一顶绿叶轿,它们是怎么在不惊动蝴蝶宫守卫的情况下把小芊抬出来的?

小芊满心疑惑,但也知道现在问未免太迟了,看四周情形早已离开百花谷。却不知娜娜会怎样,感觉没有先前同学时的亲密了,小芊有些失落,也没心情追问小蜜蜂六六,姑且先这样吧,离开蝴蝶宫也好,至少出来还能找机会联系上骁骁和老爸老妈。

在一处向阳坡地,它们停下休息。小蜜蜂六六主动过来向小芊解释。

"我猜你不想在蝴蝶宫长久待下去,就自作主张把你带出来。"六六给小芊递了水,但小芊一声冷笑:"哼,我妈说过,陌生人的东西不能吃,往往有毒!"

小蜜蜂六六知道小芊指的是昨天水里下的迷魂药,它尴尬一笑,继续解释:"我还猜如果你知道一些事,一定会大闹蝴蝶宫的,比如,娜娜公主想要……霸占你的神奇珠子,用以保护蝴蝶宫……"

瓷娃骁骁历险记：丹霞惊魂

"如果我真的是蝴蝶，保护蝴蝶宫也是我应该做的！"小芊打断六六的话。

六六不以为然："可你不是真蝴蝶！"

"我……"

小蜜蜂六六不想再说什么，叫蚂蚁轿夫继续行走。小芊对小蜜蜂这种自作主张的行为已经反感，更对它没有给自己更合理的解释心存芥蒂。

"请告诉我，你要带我去哪儿？"

"到了你就知道！"

他们继续赶路，凭小蜜蜂的语气给人的感觉，小芊心里越发感到不安。如果小蜜蜂早已不怀好意，那么前方很可能是另一个陷阱。小芊的小脑袋已经在盘算怎样才能脱身，至少还有海月珠保护自己，姑且走一步看一步吧。

下了向阳坡，小芊望见轿子经过的地方景象大有不同，四下不少蚂蚁正在忙忙碌碌搬运东西，看起来是些土木砂石，似乎在进行大规模建设。但蚂蚁们个个都无精打采，有的甚至相当消瘦，像缓慢行走的枯树枝。

来到一处破旧的洞穴，蚂蚁们迎进了小蜜蜂和小芊。

七、悲情蚂蚁寨

小蜜蜂六六告诉小芊，此处叫蚂蚁寨，被大黄蜂进攻过不知多少次，每回都被抢光物资尤其是食物，蚂蚁们还被迫修筑一道道防守工事，以及为大黄蜂建立中途落脚补给的基地和行宫。所有蚂蚁都成了大黄蜂的苦力，定期接受大黄蜂的视察。

小蜜蜂六六说话时的认真劲儿，让小芊犯糊涂了，分不清是真是假。

2

蚂蚁洞穴里的环境跟蝴蝶宫相比，可以说是云泥之别。小芊明白了为什么蝴蝶们要誓死守护蝴蝶宫，如果被大黄蜂攻破，蝴蝶们的下场就会跟眼前的苦力蚂蚁一样，甚至可能更惨。

小芊似有所悟："没想到，这里也存在战争，也有以强欺弱的事。"她想到老师曾说过的，自然界也是弱肉强食，这下看得真真切切了。她转而问小蜜蜂："那你的家族呢？"

小蜜蜂六六无力地摇了摇头，转向另一边，大概是不

想让小芊看到它表情的异样吧。可以猜想,蜜蜂族群的下场可能也好不到哪儿去,人家不愿说,小芊也就不好再追问了。

谈话间,蚂蚁们恭敬地分立到两旁,从洞穴另一头走出一只更大型的蚂蚁。小芊有些害怕,小蜜蜂六六告诉她别怕,那是蚁后。

蚁后出来在小芊面前走走看看,它比小芊还要高出许多,小芊估计,蚁后比成人还要高出半个头。她脑子里立刻浮现出姚明的形象,嗯,没错,就是那种巨人的海拔。

蚁后说:"听说来了个救星,我来看看。"

"哦,不,我不是,我只是……普通人。"小芊知道一定是小蜜蜂吹的。

蚁后上下打量小芊后,反问道:"蝴蝶宫真的出了你这么个救星?那你为何不守在蝴蝶宫?"

小芊不知道说什么好,小蜜蜂六六把话接过去:"是这样,小芊呢有使命在身,而且蝴蝶宫目前也安危难说,我们出来想联合大家,团结起来,想想办法。"

小芊也不知道小蜜蜂说的对不对,本能地点点头表示

七、悲情蚂蚁寨

认可。蚁后长长地叹了口气,蚂蚁的表情是小芊看不懂的,但对方的语气还是听得出好坏。

"难啊,这么多年,我们苦到麻木了,活着就好,争来争去有什么用?白白让更多子孙丢了性命,不值啊!"蚁后的话里不无悲伤,一旁的蚂蚁们顿时都耷拉下了脑袋。

小蜜蜂六六反而高声大气地说:"大家别泄气,我们小芊有办法,她有一颗神奇的珠子,我见过她在战场上瞬间击败了整个大黄蜂军团。"

此话一出,所有蚂蚁都抬头盯着小芊。小芊紧张起来,手心都出汗了。如果承认,那么自己就要背负起好重好重的责任,根本还没想明白,可如果不承认,那些投到她身上的灼热目光,让人难以抗拒,更不忍心伤害!

小芊尴尬地笑一下,没说什么。六六却接着说:"只要小芊能带领我们团结在一起,想办法反抗大黄蜂,咱们一定能翻身!"

众蚂蚁还是盯着小芊看,期待小芊给出态度。小芊想了想,说:"我有个……最好的朋友,他叫瓷娃骁骁……如果能联系上他,我们……应该可以打败大黄蜂。"

瓷娃骁骁历险记：丹霞惊魂

蚂蚁们顿时有了精神和希望，纷纷议论起来。外头突然响起警报声，蚁后站了起来。一只蚂蚁冲进洞穴汇报："大黄蜂来了！"

蚁后示意小芊和小蜜蜂六六赶紧躲到后头，千万别出声。蚁后率众蚁出外迎接，小芊心里"咚咚咚咚"直打鼓，打得心口都要破了。

3

透过窗洞缝隙，小芊看到大黄蜂头子率手下黄蜂兵飞临蚂蚁寨，那趾高气昂的气势，简直目中无人，大摇大摆地从躬身低首的蚁后面前经过，看到一旁的小蚂蚁不怎么顺眼，就抬脚踢过去，把小蚂蚁踢飞到草丛里。

"工程进度怎么样了，说来听听！"大黄蜂头子的神情也是小芊看不明白的，但语气的傲慢却不会错。

"回主管，我们都在努力，尽量在月底前完成这一期进度。"蚁后的回话显得相当克制了，可还是激怒了大黄蜂头子。

大黄蜂头子一把将手里的草叶水杯摔在地上，恶狠狠

七、悲情蚂蚁寨

地逼近蚁后的脸,说:"不是尽量,是必须!"

蚁后一点也没退缩:"但是,请主管明察,我们每日每夜劳作,无暇去寻找食物,而你们发放的食物完全不够我们食用,还请您发发善心,每天多发一些补给吧!"

"废话!让你们活着,就是我们发善心,不要扯那些没用的,赶紧完工,趁早完事!"大黄蜂主管说完一脚踢飞了木椅子,转身正要走,忽然警惕地朝空中嗅了嗅。

"什么味儿?"他忽然转向了小芊和小蜜蜂六六藏身的洞穴,朝这边看来的时候,小芊浑身一哆嗦。

这么近距离看见那么高大的大黄蜂,小芊还是不能不怕的,比之前看到空中的大黄蜂,感觉很不一样。

小芊压低声音问小蜜蜂:"万一被发现了,怎么办?"

"这家伙不过是一小头目,你得勇敢地打败它!"小蜜蜂六六的口气不容置疑,可把小芊给吓住了。"我?我怎么可能打得过它?我不会打架,我是个女孩子!"

"你有神奇珠子,你有魔法,你必须打败它!"小蜜蜂这一说话,声音高了,外头已经被惊到。只见大黄蜂移步想往洞穴走来,却被蚁后拦住去路。

蚁后仍然镇定地说:"只是家里的小蚂蚁打打闹闹,请主管不必费心,我自会管教!"

大黄蜂头子好像想了想,一把揪住蚁后:"你敢撒谎?我闻到了蝴蝶的气味,这里怎么会有蝴蝶?难道……"

"不,主管弄错了,我们蚂蚁寨从来跟蝴蝶没有任何联系!"蚁后一边挣扎,一边坚定地说。

突然,大黄蜂亮出了它的尾巴上一根巨大的蜂针,直逼向蚁后:"不如,我先把你灭了,看看谁能出来承认错误!"它尾部向后高高昂起,蓄势准备将带毒的蜂针往前扎向蚁后。

七、悲情蚂蚁寨

一旁的所有蚂蚁都在惊呼声中吓得低下头去,喃喃自语不知在说什么,可能在为即将发生的惊恐一幕而祈祷吧。

"住手!"小芹突然冲出了洞穴,她实在忍不住了,过去在影视剧里看到坏人威胁好人也是这样的情景,大多时候关键人物必须站出来,否则非把人气死不可。

她其实不勇敢,其实害怕得不行,关键时刻也没法想太多,先阻止再说,反正不行就启用海月珠。她站在洞穴口,身后鲜黄的蝶翅一下吸引了大黄蜂头子。

旁边的黄蜂兵对大黄蜂头子耳语:

"老大,这是传说中的金刚蝴蝶吗?听说咱们的第三军团前日被两只金刚蝴蝶全部歼灭,一只是蝴蝶公主,一只是与公主同为天降的。"

大黄蜂头子冷笑两声:"哼哼,我倒要看看,金刚蝴蝶有什么厉害!"

4

小芊已做好准备,心里开始默念骁骁教她的咒语了。只要海月珠的力量驱动起来,面前的大黄蜂头子根本不算什么,是时候让这些怪物见识一下人类的力量了!

"啪——"突然横空拍过一股力量,一下打在小芊的脸上,力量之大,把小芊打得歪过半身。等小芊转过头来,还没看清对方怎么出手的,她肚子又挨了一脚,整个人都横飞出去了,直直地撞在一棵草杆上,翅膀一挡,摔在沙地上。

好痛!小芊捂着肚子蜷起身子,抬头正要看是谁打她。大黄蜂头子已抬头"哈哈哈哈"地大笑起来。

"什么金刚蝴蝶?那些家伙也太能夸大其辞了,是他

七、悲情蚂蚁寨

们为自己无能战败找的借口吧。就这小蝴蝶有什么能耐？"大黄蜂头子一幅目中无人又盛气凌人的架势，几只手脚一齐挥舞，"明天我申请带军团出击，一定灭了蝴蝶宫，拿下这丹霞山最后的一片土地。"大黄蜂头子张狂地边笑边说，完全不把小芊放在眼里。

小芊真是低估了对方，一个不小心就被对方暗算了。她哪里知道跟敌人不必讲原则，不必按套路出牌，打倒对方就是硬道理。

她挣扎着要起身，这回必须让对方见识见识人类愤怒的力量。但还是对方先出手了，所谓先发制人，后发制于人，小芊还只是小女孩，她哪里懂得高深的制敌之道？

大黄蜂头子出手于无形，果然神速，这回它使出了绝招，直接将它的毒蜂针扎向小芊。千钧一发，躲在洞穴里的小蜜蜂六六已闭眼不敢看，心里暗叫"不好！"但已来不及出手解救。

"噗——"毒蜂针已经扎中。一旁的蚂蚁们惊呼、呆住，不敢相信眼前所见的情景。连大黄蜂头子和黄蜂兵们也顿时惊呆。原来，毒蜂针飞快扎出的瞬间，一道黑影横

七、悲情蚂蚁寨

切阻挡,正挡在小芊的面前。

那道黑影正是蚁后。毒蜂针不偏不倚正扎在蚁后的肚子上。

"不——"小芊惊呼,带着哭腔。她怒了,狠狠地逼视同样发愣的大黄蜂头子,一声大喊:"啊——"

大家只看到它们之间红光一闪,好像有一道红色的飞镖穿梭而过,穿透大黄蜂头子的身子,连续击中所有黄蜂兵,在大家都没反应过来时,大黄蜂们纷纷倒地,抽搐几下,再也起不来了。

小蜜蜂六六大喜地冲出来:"太好了!"可小芊抱着蚁后,坐在地上哭得不可收拾……

八 近在咫尺不能言

1

小芊第一次感觉被巨大的悲伤包裹住,就像陷在无法自拔的情绪泥淖里。

万万没想到仅一面之缘的蚁后——那个让人近距离看了会有点害怕的蚂蚁王后——蚂蚁们的母亲——会为了拯救与其毫无关系的蝴蝶小芊而挡住那致命的一击。

小芊被小蜜蜂六六扯着在空中乱飞,感觉飞过千山万水了,飞了很久,飞了很远,不知要去哪儿,不知经过了哪儿,只知道傻愣愣地飞。在一处砂砾岩的小洞口停下休息,小蜜蜂说这里有条捷径。

小芊也不问去哪儿,她脑子里还停留在蚂蚁寨的悲惨

八、近在咫尺不能言

一幕。那时凭海月珠的力量灭掉一众大黄蜂后,她正为蚁后的牺牲而悲伤。

当时奄奄一息的蚁后只跟小芊轻轻说了一句:"请救救……我的……孩子们……"小芊吓哭了,不知道如何是好。

众蚂蚁紧紧围绕着蚁后,泣不成声,跪倒一片。小蜜蜂六六扶起哭到无力的小芊,告诉她得赶紧走,再滞留下去,大黄蜂那边得到信息,必然追杀过来。

小芊看着那些弱小的蚂蚁们,问小蜜蜂:"它们怎么办?会被大黄蜂打死吧?"

小蜜蜂看看大家,也不知怎么回答小芊的话。一只蚂蚁过来,听声音是勉强抑制住悲伤,它说:"你们快走,不必管我们,我们会想办法躲起来。"

"不,蚁后要我救你们!"小芊认为自己不能一走了之,"可我……"

小蜜蜂六六急了:"那我们就去做能救大家的事!"此话一出,小芊愣了愣,听得出小蜜蜂是认真的。

就这么一路失魂落魄地跟着小蜜蜂六六乱飞一气,什

瓷娃骁骁历险记：丹霞惊魂

么方向都不重要了，连飞翔的快乐也体验不到，原来悲伤是会让人沉迷并难以自拔的。小芊还没怎么清醒，就被小蜜蜂扯着钻进砂砾岩小洞。

在逼仄的砂砾小缝里一会儿匍匐，一会儿攀爬，小芊总闻到缝隙里各种潮湿的味道，有水气，有泥土气息，有草木根系的清香，好像，还有虫类混杂的怪味儿。

"我们这是要去哪儿？"小芊终于忍不住问了一句，

八、近在咫尺不能言

她感觉越来越捉摸不透小蜜蜂的举动。

小蜜蜂六六却意味深长地说:"唉,做大事难免付出牺牲的代价。"

这话让小芊心里毛毛的,有点不安的预感。但她想,只要路上有机会,必定要赶紧联系骁骁。她估计,她和娜娜走失的这段时间,实践基地一定急坏了,一定会通知家长们,一定会漫山遍野地找寻找她们。

瓷娃骁骁历险记：丹霞惊魂

不知钻了多久，眼前突然豁然一亮，他们到了一处巨大无比的溶洞洞府。小蜜蜂六六站那看愣的时候，小芊也看到在空中飘浮的三个月光球。凭直觉，小芊认得那种类似月光的光线。她在空中俯视，果然看到不远处一堆人坐在那，洞底有水波映着光。

正好，海月珠感应到骁骁了，往前浮在空中指引小芊振翅而飞。小芊还听到涛涛的声音，她高兴地大叫起来："哥哥，哥哥……"

涛涛抬头看到一只微微发着光的黄色蝴蝶在他头顶飞过，停在他面前，感到奇怪，伸手时那蝴蝶就停在他手心。可是，他听不到蝴蝶的叫喊声。

他无论如何也想不到妹妹小芊会化身成为面前的蝶小芊。

2

小芊在涛涛的手心停了一会，几乎喊破喉咙也没见哥哥有什么反应，知道怎么叫也没用。她四下张望搜寻，看到了游客们满脸的倦怠，个别游客也对她的出现感到奇

八、近在咫尺不能言

怪,问说这种地方怎么会有蝴蝶飞进来,出入口都被水给堵死了。

小芊这才发现不远处高高的地方,有一处大水倾泻,那可能就是他们说的出口。小芊没法告诉他们,自己是钻小缝隙进来的,她突然想到,难道小蜜蜂六六是想把她带到这里,寻求人类的帮助吗?

正好,她看到了涛涛背后的骁骁,不过,是一尊石头样的骁骁。小芊振翅起飞,不管涛涛说什么了,只身飞过涛涛的肩膀,落在他身后的骁骁头上。

小芊拼命地喊:"骁骁,骁骁,我是小芊,我在你头上呢,骁骁……"

石化的骁骁没丝毫反应,真正的骁骁还被困在另一种幻境中。但骁骁听到了小芊的呼唤,感觉近在咫尺,却不知身在何方。

幻境中的骁骁仿佛在一种光影里浮游,他朝四面八方各种寻找,都找不到出口,任何方向都是迷幻的光影。骁骁知道自己虽然从黑龙煞的洞府冲出来,但还没真正突破幻境。对了,他想到黑龙煞说的这种能蛊惑人的幻境,是

瓷娃骁骁历险记：丹霞惊魂

由其手下水蛇所造。

唉，水蛇！不管是什么蛇，骁骁想起从前最怕的就是蛇。所以当年哥哥乌达才会造出一个陶笛，告诉他听说在遥远的天竺，有人能用音乐控制蛇类。此前骁骁试过了，其实根本不是音乐控制蛇类，而是他的魔法。

在幻境中的骁骁也试过用陶笛吹奏乐音突破水蛇的迷幻控制，但没成功。他猜到幻境里的声音在内部也是虚幻的，无法对水蛇构成冲击伤害。那怎么办？幻境无法从内部打破，那就只能寄希望于外部了。

骁骁在幻境里浮游了许久，他知道涛涛还不够聪明，没办法在外部打破石化的骁骁之身。只能等待机缘。不知过了多久，突然听到仿佛天籁的呼唤。

"骁骁……骁骁……"

像是小芊的呼唤，再细听，没错，难道是小芊率先找到自己了，骁骁一阵兴奋，打起精神，借着小芊遥远的声音，他捕捉到方向，立即念动魔法咒，帮助小芊催动海月珠。

涛涛正凑近看停在石像骁骁头上的蝴蝶，虽然不知道那蝴蝶在干什么，但看得出，蝴蝶很着急。

八、近在咫尺不能言

忽然一道红光从蝴蝶头上发散出来，映红了四下，吓得众人都抬头四下张望。红光里凤凰花的花瓣影纷飞而出，缭绕着石像骁骁，点点红光渗进石像，慢慢地消解着石像。

身在幻境中的骁骁看到四下里光影浮现红光点点，慢慢幻化洇开，不久，光影渐次消失，骁骁感觉从水底冲出来一样，好好透了口气，啊哈，看到了涛涛正瞪大双眼看着他呢。

总算破解水蛇幻境了。涛涛上前抓住骁骁的手："骁骁，你总算出来了，你这一整天都怎么了？怎么变成石头了，我……"

"别急，小芊呢？"骁骁四下没看到小芊，不住寻找。

涛涛挠着脑袋："我妹妹？我们不是一直在找她吗？"

骁骁也纳闷了，四下张望，可什么也没找到。

3

近在咫尺不能言，多么折磨人啊！

骁骁能感觉到小芊就在近旁，小芊也能看见骁骁活生生在那儿，可双方却没法交流。骁骁怎么也找不到小芊的

准确方位，而小芊喊破了喉咙也没法让声音传到骁骁的耳朵里。

明明能感应到彼此，却仿佛不在同一时空，错位必然产生痛苦。

小芊继续叫唤骁骁，这是得到骁骁帮助的难得时机，但小蜜蜂六六不由分说扯走她，明确告诉她："你现在是蝴蝶，不是人！蝴蝶跟人是没办法交流的，就像我是蜜蜂，我跟人也没办法交流，你清醒清醒吧。"

"不，骁骁是瓷娃，他有魔法，他有月光魔法，他一定有办法，你让我再跟他说说，再让我试一试！"小芊想

八、近在咫尺不能言

甩开小蜜蜂六六的手,可是对方拽得死死的,怎么也不放开。

小芹火了:"六六你干什么?你是不是想要我的海月珠?你不怀好意对不对?!"

小蜜蜂六六一听这话,气得把小芹甩到一个角落。那里离溶洞洞府地面有几十米高,远在洞底的骁骁和涛涛等人已经不知道刚才的黄色蝴蝶飞到哪儿去了。

"对,我就是希望利用你,利用你那颗神奇的珠子,关键我不会魔法,如果我会,我就不必非要扯上你了!我……"小蜜蜂六六好像有什么难言之隐,看着小芹愤怒的眼睛却又说不出话了。

"你终于说实话了,从一开始你就想要害我和娜娜对不对?你当时救我们是因为看到我用海月珠吓退那头大蜘蛛,你知道这是宝物,所以……"

"对,你说得对,我当时就发现那道红光很厉害,后来也证实了我的判断,你那颗珠子是我们打败大黄蜂的一线希望!"到这时候小蜜蜂六六也不想隐瞒了,它想把憋在心里太久的事都说出来。可小芊却气得直发抖,扭头不想搭理它了。

突然一股腥风扑向小蜜蜂和小芊,电光火石瞬间,小蜜蜂拉起小芊躲开了致命的一击,双双跌落在砂砾岩的缝隙里。

待小芊抬头一看,顿时吓得魂飞魄散,一条龙身一样的巨蛇正昂着脑袋朝他们飞身过来。小蜜蜂挡在小芊的面前,高声大喊:"快飞走!"但小蜜蜂的话音未落,它就被那条巨蛇的长尾巴给甩中了,一下被弹到不知去向。

小芊吓得腿都软了,更忘记还能振翅高飞,直到那条蛇的蛇头已经用力抵在缝隙口,吐出舌信"咝咝咝"地朝小芊试探,再不逃命就来不及了,小芊忍着剧痛直接往缝

八、近在咫尺不能言

隙后头挤,结果挤过头了,从缝隙另一头挤了出来,原来那不过是岩石缝而已。

但是这样一挤,她的翅膀受了伤,一时间痛得飞不起来,小芊只能不住地在石壁边缘跑。再怎么也跑不过后头追上来的巨蛇吧,眼看就要被那蛇追上了。

忽然,从洞底打出一道月影针,一下将那条巨蛇钉在岩石上。黄色小蝴蝶这才得以脱身,飞到一处缝隙里,钻了进去。原来,在洞底一再追寻小芊的骁骁感应到头顶逃命的蝴蝶,一眼看到一条蛇在追杀黄色小蝴蝶,什么也不多想,脱手飞出月影针,先救弱小的蝴蝶再说。

小芊在洞顶的缝隙里看着洞底的骁骁,却只能流着泪,无言以对……

4

骁骁突然向洞顶打出月影针,把洞底的游客和涛涛吓了一跳。但众人仔细一看,哟嗬,一条蛇被钉在了洞顶石壁上。

于是众人为骁骁的出手之妙鼓掌表示赞赏。

瓷娃骁骁历险记：丹霞惊魂

涛涛很自豪地告诉大家："他是我的好哥们，我们家的……福神，最新型的……机器人！"众人七嘴八舌地问涛涛，能否让机器人联系外面，赶紧叫人来救援。涛涛拍胸脯说没问题。

可骁骁却忧郁地望着溶洞顶部，久久不说话。他感应到小芊就在附近，可自己却瞧不见她，心里很焦虑。

涛涛在众人的夸赞中获得了满心的虚荣，这才没心没肺地问："骁骁，你一定有办法带大家出去的，对吧？"

骁骁却答非所问："小芊来过了！"

"什么？"涛涛以为听错了，"在哪里？我怎么没发现她？"涛涛四下里寻找，他以为真的是妹妹来过。

骁骁叹口气才说："如果我没猜错，刚刚的黄色小蝴蝶就是小芊。"

"不会吧，你开什么玩笑？我妹妹怎么可能是……啊，对了，那天她求救，好像说在什么……蝴蝶宫？"涛涛总是一惊一乍的，听得旁边的游客也跟着一惊一乍。

骁骁不由分说，飞身跃上一处高高的溶洞石笋，站定后开始念动咒语，随着他的手势翻转，两道月光白练从他

八、近在咫尺不能言

的手掌舞动出来,像两条长长的白绸缎,闪着洁白的光在空中飞舞,延伸到洞底水面,扬起水花再掠上高空,白练之间镶上一面水镜。

众人看傻了,瞪大双眼一言不发。只见骁骁双眼如月光般皎洁,向水月之镜射出月华之光,众人就如同看到巨幕电影一般,还是看立体的。

水月之镜里,呈现的是一路在奔跑,还有粗重的喘息声,那正是小芊在奔跑的路上,小芊的视角。而且,前方有一个奇怪的身影在拉扯,一直没回头,因此也看不出对方是什么,但看身形特别奇怪,有翅膀,不像个人。

涛涛赶紧问:"骁骁,是我妹妹吗?"

骁骁没回答,他在集中全部注意力搜寻海月珠的感应力,才能保持影像的接收。水月镜像里突然眼前一亮,大家都看到对方已到达了出口,那不就是此处溶洞的出口吗?奇怪,视角好像飞起来了,哇,在阳光下看得清前方在飞的,是蜜蜂。

视角下,能看到好多人在活动,他们有的在抽水,有的在搬石头搬树木,看起来现场一片狼藉。啊,从镜像里

 瓷娃骁骁历险记：丹霞惊魂

传来叫喊声："爸爸，妈妈——爸爸，妈妈——"

涛涛惊叫起来："是小芊，是小芊啊，妹妹——妹妹——"然而，他毕竟是在溶洞里，对着镜像喊根本没用。

看着镜像的游客有人问："这是航拍吗？前面那只蜜蜂好大啊！"

视角切近了董爸爸董妈妈，还在他们面前徘徊了一会儿，看样子，董爸爸董妈妈没任何回应，他们正在帮忙搬石头。

旁边救援队有人说话："经过扫描，已基本确定了被困人员的位置，正好在第一溶洞洞府，热感影像可以看出，几个人都没事。"外面的人都拍手叫好。

洞内的人看到这影像也跟着欢呼起来。

突然视角一暗，就什么也看不到了。月光白练中的水月镜像也随之碎了下来，水花四溅。

九 恶臭无比的蜂王

1

从逼仄窄小的砂砾岩缝隙里飞出溶洞,小芊大有逃出生天的感觉,仿佛亲身经历了好莱坞逃难大片。

一眼就望见溶洞口聚集了许多人,有的搬石头搬树木,有的搬器械抬重物,一看就知道这里出事了。原来,一场山雨过后,溶洞口发生泥石坍塌,有关人员正在进行抢修,据说还动用了地质扫描设备,检测出被困在溶洞内的人员。

小芊发现搜救人员中有老爸老妈时,兴奋地朝他们飞过去。可无论她怎样叫唤老爸老妈,都没法得到他们的回应,甚至作为蝴蝶在他们身旁飞舞,压根儿就没引起他们的注

意。他们焦虑地帮忙搬石头，听他们说话，好像担心被困在溶洞里的是小芊或者一晚上见不到人的涛涛。

"涛涛的电话手表也接不通，这小子到底跑哪儿去了？"董妈妈明显不耐烦了，感觉一见到胖仔涛涛就会劈头盖脸好一通骂。

董爸爸还是稳重些的："没事，骁骁跟他在一块儿呢，好歹有个照应。"

小芊很想告诉老爸老妈，自己在溶洞内见到哥哥涛涛了，她忘情地扑过去，想扑在妈妈身上，以引起她的注意，但却被小蜜蜂六六拦住去路。

还不等小蜜蜂说什么，天空突然传来奇怪响声，一大群黄蜂以迅雷不及掩耳之势飞扑而来，现场顿时慌乱一团。大人们各种跳脚躲避，有的拿衣服拿背包狂甩，抵挡突然袭击他们的大黄蜂。

小芊看到老爸老妈也在黄蜂的袭击圈里，却无能为力。倒是有大黄蜂发现了小芊，叫嚣着围拥而至。小蜜蜂六六想护住小芊也来不及了，一起被大黄蜂包围，并被扭住翅膀。

九、恶臭无比的蜂王

紧接着,到处传来"噼噼啪啪"声响,好像听得到大黄蜂各种哀号,果然就见四处大黄蜂不断跌落下去。原来,不知何时,人们准备好了电苍蝇、蚊子的电拍子,掏出来对付大黄蜂。看来,有关方面还是做了功课的,知道山里蚊子多,加上前天发生的大黄蜂袭人事件,果然是有备无患,这下真派上用场了。

其实,这次的大黄蜂突袭队是接到密报信号,前来抓捕传说中的金刚蝴蝶小芊的,不料在此跟人类遭遇上,也算狭路相逢。好多大黄蜂头一次遇见人类的电蝇拍,一触即被电死,莫名地送了小命。

小芊趁着黄蜂兵们慌乱时,赶紧挣脱重围,在空中毫无方向地乱飞,一会儿要躲避人们的电蝇拍,一会儿要躲避穷追不舍的黄蜂兵,好几次,她跌跌撞撞地扑到人们身上,大气都来不及喘,又要慌不择路地乱飞而去。这一场空中大战,惊险刺激的空中追击与逃命,像极了她看过的星球大战情景,分分秒秒都要命的那种。

在她身后的黄蜂兵光顾着追她,却顾不上躲避人类的电拍子,纷纷被电到冒烟,跌落凡尘。小芊感觉一路九死

一生,回头看到黄蜂兵被电得那么惨,自己也吓得感觉浑身都疼,不知道该庆幸还是该同情。

但为数不多的机灵黄蜂兵见势不妙,还是玩命地抓住小芊就仓皇逃离。小芊根本连挣扎都来不及,就被群起围攻她的黄蜂兵掳走了。

小芊眼角一闪,看到小蜜蜂六六也未能幸免,一道被抓住……

2

溶洞里众人已见识了瓷娃骁骁的本事,既看到他控制和消灭有杀伤力的群蛇,又看到他以魔法幻化出的水月镜像,从而看到洞外人们正在组织营救活动,一时间,他们纷纷表现出对骁骁的崇拜。

涛涛可骄傲了,告诉大家,骁骁可是要成为像好莱坞漫威英雄式的人物,别看他个头小,他有拯救世界的英雄之心呢。好多人都大为称赞,还说人家那些漫画英雄压根没中国什么事,咱们也得有自己的英雄形象,代表国家,代表亚洲。

九、恶臭无比的蜂王

众人越说越起劲儿，越说越达成共识，小小的骁骁任重道远啊，感觉一个盖世英雄就要在这么一处小地方诞生似的，个个都面露骄傲之色。只有骁骁忧心忡忡地在一旁思考，连背影都被他们夸特别帅气。

涛涛上前问他："骁骁，要不要给大家来个惊世骇俗？别等外头的人了，你先破洞而出，拯救世界的大英雄都是这样的！"

骁骁抬头看看溶洞，反问道："你不怕我弄塌了这洞，把你埋在万年的钟乳石里，从此跟地底的千万盲蛇一起过？"

涛涛撇撇嘴："算你厉害，当我没说！"这时，他的电话手表震动起来，他陡然一惊，看到是老妈来电。

"呵，电话——电话——"立马接通，董妈妈兴奋的声音传得满洞都听得到，"涛涛吗？你个臭小子，你在哪儿呢？"

"我在溶洞里，刚刚还看到你们在外头呢，骁骁也在洞里，我们出不去了。"

董妈妈一边跟外头人小声嘀咕什么，一边又大声骂着

瓷娃骁骁历险记：丹霞惊魂

涛涛："你个臭小子，不知好歹到处刮跑，出来再收拾你！"

"妈，我好饿！一天一夜没吃东西了！"

"吃，你就知道吃，当减肥吧！就快有人潜水进去救你们了，出口被水淹了。"

涛涛嘴快，直接问："妈，你刚刚没看到小芊吗？她在你们面前飞过了。"

"什么？小芊？在哪儿？"

"刚刚啊，我们在镜像里看到她在你和老爸面前飞过！"

"飞过？什么飞过？刚刚我们被大黄蜂袭击了，好多人都被叮了大包，你也小心点！"

骁骁心头一惊："不好，小芊有危险！"

涛涛愣了一下，还没问，骁骁就飞身上了那百米高的水瀑。涛涛连忙高声喊："喂，你去哪儿？别把洞撞破了！"

骁骁回头说："一会儿有人潜水进来救你们，我先设法出去。"说完一头扎进水瀑里，转眼不见了。涛涛愣愣地看着洞顶的出口水流，好一会儿才回过神，正好身旁的

九、恶臭无比的蜂王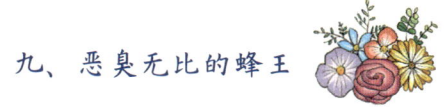

游客们都因为手机恢复信号,各自跟外头取得联系呢,声音各种此起彼伏。

涛涛跟人解释道:"我们的小英雄,就是这个德性,来去自由,你懂的!"然而,身旁的人没空听他絮叨,都在跟外头各种哭诉!

忽然有个游客掰过涛涛肩头问他:"你的机器飞侠自己走了,万一那些可怕的水蛇、盲蛇又来了,咱们该怎么办?"

涛涛摇摇头,他有点慌了。"他那个可以控制蛇的陶笛给你了没?"

涛涛一拍脑袋:"哎呀,把这事忘了!"

3

红崖洞,位于千米红崖的中段,是一处隐蔽的天险所在,草木遮掩,高悬云端,也是丹霞山典型的砂砾洞,那就是大黄蜂的老巢所在。

小芊知道这回如入虎穴了,现在怕已经没用,想起骁骁说的,邪不胜正,唯有勇敢面对,冷静思考,寻找机会,

才有可能化解危险。

黄蜂老巢的味道真是腥臭难闻，小芊几度要呕吐，好半天已被熏到快晕死。

她和小蜜蜂六六都被草藤给捆得结实，小芊看一眼身旁跟自己一样出生入死的小蜜蜂，心里还有些同情它。"六六，没想到咱们最后还是落到坏蛋手里了！"

"对不起！"小蜜蜂低声致歉，眼神却不知躲什么，闪到一旁去了。

"我听大人们说过，有一条真理，那就是邪不胜正！"小芊想给自己和小蜜蜂打打气，"只要我们不屈服，所有的大坏蛋最后都会败得很惨，你信吗？"

小蜜蜂惊讶地看着小芊，不知如何回应，但小芊却目光炯炯地冲它眨眼，示意它要相信。小蜜蜂只好弱弱地点点头，又把身子蜷了蜷，好像在害怕什么。

小芊四下看了看，这洞穴猩红猩红的，有些吓人，洞口守了一堆的黄蜂兵，个个都愣头愣脑，反正小芊不喜欢它们的大脑袋和怎么都看不懂的眼睛，打心眼儿里生出厌恶。

九、恶臭无比的蜂王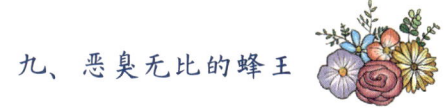

"这就是大黄蜂的老巢吧,真脏真臭!"小芊还想接着抱怨,好出出心里的恶气,洞口的黄蜂兵一阵骚动。

一只臃肿还发着恶臭的老黄蜂爬进洞来,一时间把小芊吓得够呛。那只老黄蜂伏到小蜜蜂身上嗅了嗅,又凑近小芊闻了闻,才"哼哧哼哧"地挪到上座去。小芊已经吐得卧在一旁了,没办法,臭到让人生无可恋。

旁边的黄蜂兵把小芊扯起来,呵斥她:"放肆!敢对蜂王无礼,不要命了?"

老黄蜂哈哈笑了两声,说:"算了,反正也活不长,随她去吧。"原来他就是蜂王,小芊这回真是身临其境地见识够了,心想要是能活命回去,写篇作文好好损损所谓的蜂王就是臭气熏天的老家伙。

不料蜂王没怎么想理小芊,倒是先跟小蜜蜂六六说话,还挺和气。"我说,小六六啊,事情办得不错嘛,有宝贝还知道叫人通知我,这回记你一功!"

小芊差点以为自己产生幻觉了,转头看了看俯首低眉的小蜜蜂,难以置信地反问:"小六六?你……"

蜂王接着慵懒地自说自话:"只要我能得到那颗宝贝

珠子,你们家族的事,我就不管啦!也不会少了你的好处!"

小蜜蜂赶紧跪地叩谢,一旁的黄蜂兵过来给它松了绑。全程它都不敢扭头看一眼小芊,生怕被小芊的目光给杀个千遍万遍。

没错,小芊跟机关枪一样开骂了:"小六六,原来你才是我身边最坏的坏蛋!你……你对得起我吗?我不会放过你的!你别落在我手上,我一定把你烤了吃你信不信?我从此都不再爱蜜蜂了,最讨厌蜜蜂了,阴险小人,不,阴险的虫子!奇丑无比的虫子!该死的虫子!"

小芊骂得快没气了,然而小蜜蜂一眼都不敢正视她。

4

"蝴蝶骂起来,还挺厉害啊!"脑满肠肥的蜂王走下上座,来到小芊面前,上下打量着传说中的金刚蝴蝶。"听说,就凭你,还灭掉了我一整个进攻蝴蝶宫的黄蜂兵团?啧啧啧,厉害,可是,光会骂,算不上厉害,本事看不出来啊!"

小芊又快被逼到面前的恶臭熏晕了,连连"呸呸呸"

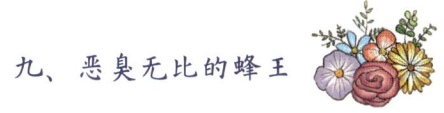

九、恶臭无比的蜂王

地吐口水喷对方。"去死！"她只能用气憋出这两个字，实在快窒息了。

"还听说，你在蚂蚁寨用你的宝贝珠子把我的黄蜂总管给灭了？"蜂王才不在乎小芊吐的口水和她无比嫌恶的眼神。它倒是想看清这只蝴蝶到底有什么了不起的。

"哦，对了，据密报，说有两只金刚蝴蝶从天上云霞飞落下来，专门帮助百花谷的蝴蝶宫反抗它的黄蜂军团。一只金刚蝴蝶成了蝴蝶宫的公主，哼哼，那有什么了不起，现在一只落到了红崖洞里了，看来也没什么可怕的嘛，怎么那些黄蜂兵都疯了一样胡说八道呢？"

蜂王一把扯起小芊，居然把小芊高高举起。小芊身上被草藤捆得紧，翅膀和手脚都施展不开，不知道蜂王想怎么摔她，咬着牙做好准备。

这一挣扎，脖子上的海月珠掉出来了，在空中晃着。蜂王就是要看这颗神奇的珠子，伸手要去摸，小芊惊声尖叫："骁骁——"这一叫不要紧，无意中驱动了海月珠。

从海月珠射出数道月光，把蜂王吓得连连后退，而小芊却因为月光而浮在空中，身上的草藤被一种力量给崩断

九、恶臭无比的蜂王

了,她"噗"地一下张开了翅膀。可海月珠里的月光投到墙面上,居然映出了别样的风景。小芊也看呆了,不知道海月珠要干吗。

那是数百年前的丹霞山,山清水秀,层林叠翠,鸟语花香。有许多村民在山里耕种、采药。从山林里突然冲出许多山贼恶匪,烧杀抢掠,欺凌弱小,对村民打的打,杀的杀,最后把村民们逼上了绝境。无辜殒命的村民身上升腾起一股股怨气,不知被什么力量牵引着,蜿蜒飞转到红崖处的黄蜂穴,一下就依附在大黄蜂的身上。黄蜂们顿时变得越发狰狞可怕,充满力量也充满攻击性,飞出巢穴到处横行,把丹霞山周边的所有生物无论大小都欺负个遍。

小芊看到庞大的黄蜂军团进攻蚂蚁寨,把蚂蚁们杀得惨不忍睹;还看到黄蜂军飞入树林进攻玉蜂林,那一场又一场的昆虫厮杀真是不亚于人类的残酷战争。小芊都看呆了,而一旁的蜂王和小蜜蜂六六也看呆了。镜像里接着出现黄蜂军与蓝色蝴蝶的对阵,仍然是相当惨烈的双方搏杀,互不相让,非要争个你死我活。在镜像里,小芊看到娜娜在空中大战黄蜂,也看到了自己驱动海月珠灭掉整个天空

的黄蜂军团。

光焰一收,小芊随即落到地上,还不等她站起来,立即有两头黄蜂兵过来控制住她。

蜂王还是不太明白怎么回事,也不管自己身上为什么会有那么强的怨气,愤愤地一把将海月珠抢到手:"哼哼,就这东西,看来这回可以灭掉百花谷的蝴蝶宫了,哈哈哈哈……"

小芊要上前抢回海月珠,却被身后的黄蜂兵用蜂针扎中了胳膊,她疼得晕死过去……

十 花瓣雨玄机

1

倒灌进溶洞的水相当多,救援人员只能先抽干部分洞内路段。有些洞内低洼地带特别深,加上原有的积水,一时半会没法抽干,所以,第二种救援方案是派潜水员进入,先了解洞内被困人员的情况,再开展下一步救援措施。

当潜水员刚要下水,从水中突然窜起一个小孩,吓得大家都惊叫起来。却见那个小孩子头戴鸭舌帽,身穿特殊的紧身服,乍一看还以为是哪家模仿漫威英雄人物的小孩呢。

但见那小孩一个飞身就上了岸,抖一抖身上的水,衣服就干了。众人惊奇不已,董妈妈却率先认出他。"骁骁,

瓷娃骁骁历险记：丹霞惊魂

是骁骁！"董爸爸董妈妈赶忙奔过去，跟旁人解释说是他们家的一个新型机器人，没什么好奇怪的，这才打发了那些好奇的人们。

董爸爸董妈妈把骁骁领到一旁，着急地问："涛涛在里面还好吗？有没有找到小芊？"

骁骁知道为人父母的担忧，认真地说："涛涛没事，就是一天一夜没吃东西，饿得受不了。小芊嘛，我能感应到她就在附近，她……她可能变成了……蝴蝶？"

"什么？蝴蝶？"董氏夫妇都不敢相信骁骁会说出这样的话。"好好的，怎么会变成蝴蝶？太离谱了，又是魔法吗？"

董妈妈一连串的问题，让骁骁很为难。骁骁摇摇头："不能确定，我再找找看。"

在驻地，骁骁让董爸爸董妈妈为他守着营帐口，别让人进来，他再次动用魔法，追寻海月珠的方位。水月镜像里一片猩红，不像先前的洁白月光，突然还出现一张奇丑无比的脸，然后是个巨大的脑袋，原来是脑满肠肥的大黄蜂蜂王。

董妈妈吓一大跳："那是什么东西？"

结果红光镜像里的蜂王反而回应了："哈哈，一会儿让你们知道本王的厉害！"

原来，大黄蜂蜂王用蜂针蜇到小芊的血液，以血液来驱动海月珠，正好跟骁骁的魔法对接上，双方通过变质的水月镜像互相窥视到彼此。

就在董妈妈慌神的时候，外头传来喧哗之声。他们掀开营帐出去一看，不得了，满天的大黄蜂又来进攻人群了。估计是先前的一小撮黄蜂被人类给电灭了，这群是来报复的。满山遍野的人四处逃散，而且这回黄蜂蜇人，力量异

瓷娃骁骁历险记：丹霞惊魂

常强大，被蛰的人立马昏倒在地。

骁骁有种不安感，他猜测黄蜂利用了小芊的血和海月珠的力量。骁骁不得不出手了，面对满天的大小黄蜂，他只身一人其实也顾不过来，飞到空中唤出月寒剑，想对付的时候却怎么也抓不准黄蜂的方向。

好在有关方面做了准备，及时用烟叶扎成的烟束点燃后用烟熏。一时间，烟雾缭绕，黄蜂有些被熏得失去方向感，开始乱撞了。骁骁发现这是大好时机，飞上树端站定后，

十、花瓣雨玄机

念动魔咒,将空中的烟雾牵引成千万缕柔中带刚的烟针,在空中各种扎刺,这招果然奏效,来不及逃走的大黄蜂反被烟针穿透,哪有小命可逃?

而骁骁在黄蜂身上再次发现了黑烟袅袅的萨多魔法迹象。

2

第二次遭受大黄蜂攻击,人们始料未及,特别是,这次的大黄蜂不同于先前,似乎更加恶毒厉害了。被蛰中的人们毒性发作迅速,大多昏迷,现场一片混乱。

骁骁找到董爸爸和董妈妈的时候,发现他们也昏迷了,情况紧急,骁骁也顾不得要避开人们的耳目了,立即施救。他用的是无上清凉月光咒,施咒后凭自己的月光灵力暂时压制住董爸爸董妈妈手上腿上的伤口,控制蜂毒和疼痛蔓延。

旁边还有好多人哀声叫唤,可骁骁还是感到捉襟见肘,力量有限,得想个能解去众人所中蜂毒的办法。他意识到不是满月时间,身上的魔法没法最大限度施展开,眼下还

是仅凭体内的月光桑莲在支撑。

好在救援队带足了一些能控制蜂毒的药物，虽然敷上后并未能完全解毒，至少暂时缓解了不少中毒者的痛苦。骁骁看出那些蜂毒不一般，只怕当前的医用药物无法根治，除非找到黄蜂巢所在，或许才能找到解毒办法。

骁骁收拾黄蜂的过程很多人看在眼里，知道这个小子不一般，有人多问两句他是谁，骁骁也没顾得上回复人家，留给对方一个酷酷的背影。

溶洞口有人出被救出来了，骁骁上前看看，看到是刚刚潜水出来的施救人员，还有个别游客。骁骁左看右寻，没发现涛涛人影。他问了潜水员，那人说是有个大胖小子，还第一个说要尝试潜水，开始还在后头一直跟着，可能一会儿就能出水面。

骁骁趴在水面上等了一会儿，没等到涛涛，他意识到不好了。伸手进水，一探便知诡异，水中无法运用时光逆视法，但他能感觉到黑龙煞的气息，那种萨多魔法是月光魔法的死对头，隔老远都能感应到。

坏了，涛涛可能被黑龙煞半道劫走。骁骁一时心慌意

十、花瓣雨玄机

乱,从来没有过这么慌乱,他要救的人一个也没救助到,小芊下落不明,涛涛也被暗中劫走,董爸爸董妈妈身受蜂毒,现场还有那么多人陷入蜂毒之害,骁骁感到手足无措,毫无头绪,不知道从哪开始着手解决,一点方向感也没有。

夜色慢慢降临,四下里人们开始升起火堆,暂时将中了蜂毒的人员转移进营帐里,用药物控制住伤口毒素,等待有关方面的进一步救援。

骁骁感觉到四周丛林里有异动,钻出营帐,转身到营帐后方,以夜视魔法查看森林里的动静,就好像红外线扫描一样审视黑暗。在影影绰绰中隐约能看到蛇影窜动,哼,估计黑龙煞按捺不住或嗅到什么了。

骁骁找到救援主要负责人,把董爸爸董妈妈交待给他们,还提醒人们要注意附近的黑龙潭,千万不能靠近。这时候娜娜的父母主动上前问骁骁,说如果找到跟小芊在一起的娜娜,请务必告诉孩子,爸爸妈妈来了。

骁骁早就知道还有个小芊的同学叫娜娜,也跟着失踪了,见人家父母那般忧心,他也只能一番安慰。他正诧异,为何一直能感应到小芊,却未能发现她跟同学在一块儿呢?

瓷娃骁骁历险记：丹霞惊魂

3

"嗡嗡嗡嗡"一阵远远的蜂鸣声在夜空中掠过，吓得人们缩头缩脑地躲进营帐。

难道又是大黄蜂不死心，又出动大批黄蜂前来攻击？再这样下去，会不会演变成人与自然的斗争？有关方面还未对人们的质疑给出答复，丹霞山区从未发生过黄蜂成灾的事，近期连续发生的黄蜂伤人事件实在事出意外。

骁骁对周边任何异动都抱以十分警惕之心，听到空中大批黄蜂逼近，他硬着头皮冲出营帐，准备打一场硬仗。可是，抬头看天，阴沉沉中看不见黄蜂的影子，却能看到一点红光在飞快移动。

啊，骁骁感应到，那是海月珠的光芒。骁骁一挺身就准备飞上空中，可是一想，这么冲上去抢海月珠，势必打草惊蛇，把蜂群惊散开后，黑暗中还不知道人们会遭受怎样的伤害呢，不妥，不可妄动。

眼看那一点红光往天边移去，骁骁心下着急，也顾不得再思考什么，只身钻入黑夜里的丛林，一路悄悄又快速

十、花瓣雨玄机

地潜行尾随。才追出不到五里地,前方一道蜿蜒水路挡住去路,骁骁眼尖,神眼夜视中发现潜伏在水岸边的水蛇。

不管那水蛇是否不怀好意,也不管是不是在溶洞里遭遇过的水蛇,现在骁骁得克服当年对蛇的恐惧,掏出陶笛吹奏三两声,以最快速度和最强控制力将水蛇控制住,为己所用。

果然,那条水蛇着了骁骁的道,乖乖地滑过水面,游到骁骁面前。

"小孽畜,限你今夜助我一段水路,我免你受罪!"说完,骁骁一个飞身跃上水面,正好踩在水蛇背上。骁骁再吹陶笛数声,水蛇会意,引着骁骁沿水路前行,紧跟天空中行军的黄蜂军。

骁骁以为这么跟踪前行,虽不知黄蜂军要去哪儿,但或许能追踪到黄蜂的老巢。水路前行倒还顺利,四下冷清,胆小者必会觉得山间冷森可怕,骁骁自然是不怕的,只是一时也无心享受山间的无边清静。

七拐八拐,水路毕竟是往下走的,水蛇行到一处拐弯处,黄蜂军却朝另一方向而去了。骁骁一个纵身,从水蛇背上

瓷娃骁骁历险记：丹霞惊魂

轻轻跃起，离开水面，回到坡岸上。他冲水蛇一抱拳："多谢这一程，你也好自约束，不可造次！"水蛇悠悠然转身潜入水中，不再多言。

骁骁在草上一阵急飞，跃上山岗再寻觅黄蜂军去向，却见它们迅速滑下，扑进一处盆地，一下扑进一团烟雾状的东西，转眼无声无息无影无踪了。

骁骁飞身跟进，到那烟雾锁住的盆地，停下观察，却看不出有什么不对，咬咬牙，一个纵身跃入烟雾里。

一进到烟雾里，空间突然变了，里头居然阳光灿烂，骁骁一个跟头栽到了百花丛里。起身一看，呵，好美的人间仙境，分明被隐藏保护的一处世外桃源。

然而，空中彩云之下，黄蜂军已到位，在空中摆开强大阵势，果然来者不善。骁骁暗中观察，倒要看看到底黄蜂军带着海月珠，想干什么坏事？

4

从百花之中望去，骁骁望见了五颜六色的蝴蝶宫。骁骁还顾不上惊叹那神奇惊艳之美，就见蝴蝶宫里飞出无数

十、花瓣雨玄机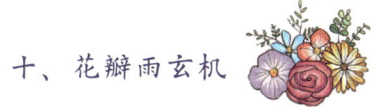

蝴蝶，五颜六色在空中翻飞开去，美得无法形容。

蝴蝶数量之多，不比空中摆好阵势的黄蜂军少。一边是七彩蝴蝶云，一边是黄蜂军团，两者在空中狭路相逢，看来必有一场惊天动地的惨烈厮杀了。

骁骁头一次见到自然界昆虫之战，心下也跟着紧张起来。"嗡嗡嗡嗡"的蜂鸣声里，黄蜂军率先出击了。它们如水云漫过天际，冲进七彩云霞里，战斗开始了。

骁骁真不敢相信自己看到的，那七彩云霞瞬间变幻阵形，神奇之至，一会排成纵队，一会排成横队，一会儿还能形成合围之势，困住黄蜂兵，队形瞬息万变，仿佛有人指挥摆阵一般。

骁骁纵展眼力，细看之下大吃一惊，天空中七彩斑斓的蝴蝶身上都串在一根细细长线上，另一端延伸到地面的蝴蝶宫里，好像有谁在控制着天空中的所有蝴蝶，操控之下蝴蝶能随机变换阵形，有条不紊，相当有组织有秩序。

这智慧，真是吓到骁骁了。要论杀伤力，蝴蝶比起黄蜂来说，显然要弱许多，尤其看这来势汹汹的黄蜂军，对方出招一定特别残忍，对人类都能造成巨大的伤害，何况

149

瓷娃骁骁历险记：丹霞惊魂

对付弱小的蝴蝶。但令骁骁感到困惑和惊讶的是，天空中明明被黄蜂兵进攻后残破飞落了无数蝴蝶翅膀，可蝴蝶一方的力量似乎不见转弱，队形依然随时在变，依然能对黄蜂军形成有效抵抗。

难道蝴蝶都不怕死？或死不了？天空中的蝴蝶军是敢死队？拼死也要战斗到最后一口气？

骁骁大为赞叹，没想到自然界一物降一物，连昆虫的智慧勇气和牺牲

十、花瓣雨玄机

精神都如此非同凡响,难怪世界无处不存在奇迹。

这时,空中纷纷飞落的蝴蝶翅膀散落在百花谷四周,骁骁捡起一片蝴蝶翅膀细看,嘿,那哪是什么蝴蝶翅膀啊,分明是鲜艳美丽的花瓣。骁骁抬头再细看蝴蝶阵营,这下看出来了,原来那一串串的蝴蝶根本就是一串串的花朵嘛,几乎以假乱真了,连骁骁也一时看走眼,那些愣头愣脑只

会埋头厮杀半天的大黄蜂大概也傻了吧。

事实上,黄蜂军这次由蜂王亲自带队出征,还带着它从小芊身上抢来的海月珠,准备一举灭掉蝴蝶宫,谁料到刚一靠近,就遇上蝴蝶宫放出的怪异阵形。乖乖,明明看着不是蝴蝶,怎么一冲进去打,那些花瓣串成的东西就能又舞动又出招呢?

黄蜂军稀里糊涂地成了花瓣雨里的牺牲品,动不动就被困在随时变幻的花瓣阵型里,防不胜防地被杀伤,它们此行连一只真正的蝴蝶都没动到,就在天空中溃不成军了。

蜂王气得"嗡嗡嗡嗡"乱叫,一时间气红了眼,连花丛里的骁骁都看出它不对劲,也不知道它怎么就能驱动海月珠的力量,空中开始出现一道诡异的红光。

骁骁暗叫不好,赶紧飞身窜出花丛……

十一 百花露和玉蜂蜜

1

海月珠已然落在蜂王手里，骁骁早有防备，因为不知道蜂王的底戏，假如蜂王跟萨多魔法有关，万一能借助海月珠的力量壮大其魔法能力，那后果将不堪设想。

眼见进攻蝴蝶宫的黄蜂军溃败在即，蜂王终于出手了。没看清它是怎么驱动海月珠力量的，红光弥漫中似乎有一股无形的巨手在摧毁天空中的花瓣蝴蝶。这股力量太过强大，导致阵前被困住的黄蜂兵也一起被红光殃及，瞬间灰飞烟灭。

骁骁不敢轻敌，飞身上空后，唤出月寒剑在手，他意外发现怎么眼前的大黄蜂那么巨大？难道，是自己变小了？

瓷娃骁骁历险记：丹霞惊魂

他意识到，进入烟雾迷障的那个瞬间，就像进到另一个时空的感觉，也许这个时空就是这样的。飞到临近更看得真切，那些大黄蜂个个身长跟成年人差不多高大，倒显得自己矮小了。

人未到，月寒剑剑气先杀出。骁骁想先发制人，虽然可算偷袭，不大光彩，但正邪不可两立，面对邪恶虫族，没必要讲什么规矩了。剑气横扫，顿时拦腰斩断好多黄蜂兵。暴露位置后，骁骁不得不与迎头杀来的黄蜂兵正面交锋。这时候才发现比骁骁还高大的黄蜂兵有多么强悍。它们杀过来的时候，带动空气冲撞力让身在空中的骁骁都有些站不稳。

骁骁原本不需要忌惮小小黄蜂的，奈何一连串的棘手事件，耗掉了他太多的灵力，眼下他已是在硬撑。结果动作不够迅捷，加上黄蜂兵太多太密集，骁骁的手臂、大腿、后背一时被蛰好几下，还"叮叮叮"发出响声。

骁骁没料到自己身形变小后，连动作也迟缓了，居然连续中招。不过，黄蜂兵也得意不了，它们也发现怪异之事，身体全力以赴刺出的蜂针，明明扎中了面前的敌人，

十一、百花露和玉蜂蜜

却"叮叮叮"地一阵乱响后,对方一点事也没有。

这就尴尬了。一方料不到接连中了对方的招,一方没想到扎中对方却无效,双方都有些愣神。当然,黄蜂兵哪里懂得骁骁是瓷娃呢,蜂针是扎不进瓷的。这间隙,蜂王再度出招了,利用海月珠打出的红光带有巨大烧灼力量,红光过处,黄蜂兵被灼烧到化为乌有,空中的花瓣雨也跟着化为灰烬。骁骁感觉到一股热浪扑面而来,被打了个趔趄,才发现不好——有毒!

来不及细想,骁骁脱手飞出月寒剑,去势如电,直奔蜂王。好狡猾的蜂王,情急之中,抓起身旁的黄蜂兵来挡月寒剑。剑身带着劲风,穿透黄蜂兵,力量过强,飞出后还把蜂王的手脚给销去两只。蜂王痛得大叫起来,收了海月珠,恨恨地扭头撤兵。其实也只剩下一些残兵了,七零八落地朝天边飞去,直到不见踪影。

骁骁这才松了口气,唤回月寒剑,却在云端站不稳,天旋地转一般,倒头栽了下来。

蝴蝶宫里穿飞出许多蓝色蝴蝶,在空中形成一张保护网,接住了跌落云端的骁骁,慢慢送回蝴蝶宫。

瓷娃骁骁历险记：丹霞惊魂

2

在一片浑浑噩噩中慢慢醒来，没有痛觉，只是晕晕乎乎。

骁骁发现自己泡在一池水中，水面飘着各种颜色大小不一的花朵，满满的沁人心脾的香气令人闻后百般舒坦。

门口拥进一群蓝色蝴蝶，样子虽然有点怪，但至少蓝色的翅膀看去还是很美的。最后走进来的是黄色蝴蝶，咦，却不是虫身，而是人形。一个小女孩，可爱地冲骁骁笑着。

骁骁意识到什么，自己还泡在水中呢，连忙扯过几朵大花遮住自己的身体。

小女孩一笑才说："你是骁骁吧，我听小芊说过你，没想到你是真的，我还一直以为是小芊在胡说八道呢。"

骁骁猜到了："那么，你是……娜娜？小芊的同桌？"

"Bing go！你果然聪明，啊对了，你是瓷娃！"她打量着骁骁的脑袋和脸庞，"果然洁白可爱，不知道的可能会把你当怪物，你可别随便出去吓人！"说着便又笑起来。

"外面满世界的人在找你们！小芊她……"

瓷娃骁骁历险记：丹霞惊魂

娜娜扇了扇自己的黄色翅膀，一脸无所谓："没事，让他们找去吧，我反正不稀罕。我现在是蝴蝶公主，自在快乐，挺好的！"

骁骁想了想，问："我怎么会在这？"

"这里是蝴蝶宫，谢谢你帮我们打败蜂王的进攻，你中毒了，我们的蝶王与蝶后帮你解毒，你得在这百花露和玉蜂蜜中泡着，才能解毒。"

"你能告诉我，小芊去哪了吗？"

"这个……我也不知道，她一声不吭就走了！你一会儿出来，我们去见蝶王与蝶后，也许它们知道更多。"娜娜说完，带着一众蓝色蝴蝶出去了。

骁骁出水后，找到衣服穿上，还是董妈妈厉害，为他量身订制的衣服不仅合身得体，还是进口的特殊材质所制，怎么都不会破。

出门就有黑蝶守卫带路，带着骁骁一路穿过蝴蝶宫各种蜿蜒过道和美丽花园。果然处处美景，步步风光，比人类世界美太多了，一花一石，一池一楼，一路一景，到处还有五颜六色的蝴蝶在穿飞，犹如仙子一般，美不胜收。

十一、百花露和玉蜂蜜

进入蝴蝶宫大殿,唯美之中还有庄严感,骁骁轻步跟随。蝶王蝶后在王位上和蔼地笑着,骁骁这下放心了,应该是友非敌。

"壮士!"蝶王一出口,就让骁骁精神一振。"你是天降大神啊,解我蝴蝶宫之难,我们感激不尽。"

"蝶王不必客气,我来此是找人的。"

"嗯,娜娜公主已说过,我们的侦察兵回来也汇报了,说外头人类世界都乱了,在整个丹霞山界寻找小芊和娜娜。还受到大黄蜂的攻击。"原来,蝴蝶宫隐藏在深山里,与世隔绝,但蝶王却对外头了如指掌。

骁骁不无担忧地说:"小芊仍然下落不明,但可以推测,一定是被大黄蜂抓去了。"

娜娜吓得失声叫道:"啊,那怎么办?"

"来进攻的蜂王手上有我给小芊的海月珠,希望小芊没事就好。"

娜娜都快哭了:"要是我没让小芊走就好了,都怪小蜜蜂六六,非要把小芊骗走。"

大家陷入对小芊的担忧之中,个个脸上浮起愁云。

瓷娃骁骁历险记：丹霞惊魂

3

蝶王告诉骁骁，小芊和娜娜都曾帮助蝴蝶谷打败过黄蜂军，是蝴蝶宫之福。

这时候，蝶师走出蝴蝶行列，向蝶王蝶后行礼后讲述了一件事。原来，小芊因误会被关进石洞后，蝶师曾奉命去审问，但没问到什么重要内容。后来，小芊被小蜜蜂六六挖地道救出，出逃路上还是意外地帮助蝴蝶宫解了黄蜂进攻之围，因此小芊得到蝶王蝶后的赏识。

蝶师说，它怀疑小芊跟娜娜不是一类人，并不会为了蝴蝶宫而尽心尽力，因此后来找机会单独找小芊问话。小芊明确说，她是一定要回到人类世界的，不可能从此跟蝴蝶生活在一起。

蝶师还说，小芊很聪明，她向蝶师出了一个好主意。百花谷最多的就是花，花瓣之美与蝴蝶翅膀十分相近，如果能办到，就把花瓣做成蝴蝶翅膀状，用长丝线串起后，像放风筝一样放上天空，如果还能训练得好，在空中几乎可以以假乱真，迷惑敌人。

十一、百花露和玉蜂蜜

众人恍然大悟,原来先前一战,花瓣雨形成的蝴蝶阵其实是小芊的主意,果然导致大黄蜂一时中计,被迷得团团转,被各种假蝴蝶和长丝线给缠住和耍弄,最后溃不成军。大家原本还以为是蝶师的才智,不料竟是小芊的智慧。它们估计,这下大黄蜂吃了大败仗,短期内应该不敢再来冒犯了。

骁骁郑重对娜娜说:"小芊说的没错,你们得赶紧回去,你父母也来了,漫山遍野地找你呢。"

"哼,他们才不会找呢,他们背着我把婚给离了,还都没打算要我,一点儿也不尊重我,都是自私鬼!"娜娜气哄哄地把脸扭到一边去,把蝶王蝶后尴尬得不知说什么好。

骁骁说:"真的,不信你看。"

骁骁从手心放出两道月光白练,直达大殿旁的水池,白练引出水花后形成小小水月之镜。众蝴蝶都看愣了。

只见水月镜像里娜娜的父母相互搀扶着,在山野里各种叫唤和寻找娜娜。有几次,娜娜的母亲滑倒在泥泞里,娜娜的父亲跳下满是泥水的道旁去扶娜娜的母亲,两人齐心协力,不再争吵。

瓷娃骁骁历险记：丹霞惊魂

娜娜看到镜像里的父母，不知不觉落下泪来。忽然镜像里的人们纷纷躲避四面八方袭击他们的大黄蜂，娜娜的父母也被黄蜂蛰到了，那情景把娜娜吓得直接放声哭起来，大声叫唤"爸爸，妈妈"。

蝶后连忙去安抚娜娜，而蝶王站起来到骁骁面前说话。"黄蜂毒不可小视，可用我们百花谷的百花露，加上玉蜂林的玉蜂蜜来解毒。"

骁骁赶紧点头称好："外面太多人被蛰到，再不救治，怕留后患。"

蝶王立即下令，全体蝴蝶出动，立即到百花谷收集百花露。百花谷里百花似锦，蝴蝶纷飞，那景象唯美得胜过世上任何一幅画，骁骁都看呆了，他说这景象连想象都想象不出来，如果有小芊父母的智能手机拍下这图就好了。

"但愿如此美景，永不败落！"蝶王的感慨正是骁骁的心声。

4

黑暗，恶臭，潮湿，还有疲倦，小芊一会儿昏昏沉沉

感觉像在梦里，一会儿醒来发现身旁还有尖利的荆棘刺对着她。只要她不小心一个转身，就会被尖利的刺给刺到。

她感觉到胳膊和腿上都传来疼痛感，想起来了，昨天黄蜂兵拿蜂针刺她，说是只会痛，没有毒，把她的血拿去给蜂王。她不知道，蜂王要用她的血去驱动海月珠的力量。

糟了，海月珠落在蜂王手里，要是骁骁知道，他会不会生气极了。万一蜂王利用海月珠干出伤害人类的事情，连骁骁也不会原谅小芹的。小芹越想越觉得自己没用，没有抓住好时机干掉那个恶臭无比的蜂王，这下怎么办呢？

"骁骁，骁骁快来……"小芹喃喃自语的时候，身前

瓷娃骁骁历险记： 丹霞惊魂

的荆棘门被打开了，探头探脑进来一家伙，不是别人，正是小蜜蜂六六。

"小芊，快跟我走，我救你出去！"

"呸，你以为你是谁？你就是个间谍、叛徒、恶心的两面派！"小芊感觉骂什么都不够解恨，一时还词穷了，不断在脑子里搜索词汇。

小蜜蜂六六过来解小芊身上的草藤，边解边说："对不起，我知道我错了，我一

十一、百花露和玉蜂蜜

定要把你救出去!"

小芊双脚一蹬,一下子把小蜜蜂蹬出半米远。

"你不是跟它们一伙的吗?别靠近我!一会儿让它们把你抓去,你又要说是我求你救我的,对吗?哼,两面三刀的败类!"小芊总算又想出一句骂人的词,骂出了才解恨。

"放心,我把守卫干掉了,再有黄蜂兵来抓我,我就跟它们同归于尽!"小蜜蜂六六突然哭了,"反正也救不了我的家族了。"

听见哭声,小芊一时又心软了,她最见不得人家哭。她听着小蜜蜂在哭声中断断续续讲的故事。

原来,小蜜蜂的家在玉蜂林,不久前被大黄蜂攻破了,整个玉蜂族都被蜂王所控制,被拘到红崖洞里,当黄蜂军的奴隶,每天都要外出为黄蜂军采集花蜜,供它们享用,自己的玉蜂族却受苦受难,没得吃没得喝,跟蚂蚁寨的蚂蚁们相比,也好不到哪去。

为了让玉蜂族能吃上点好的,小蜜蜂六六不得不受控于大黄蜂,游走于蝴蝶宫与红崖洞之间,来往穿梭传递双方的情报,准备在大黄蜂的威胁下助其打败蝴蝶宫。小蜜

瓷娃骁骁历险记：丹霞惊魂

蜂六六说没办法呀，要不这么干的话，蜂王威胁它要杀掉玉蜂族成员，一天杀一只，杀光为止，六六可能就是最后被杀的一只。

六六说自己不是怕死，是怕整个玉蜂族会灭掉，只能忍气吞声。后来无意中救了小芊和娜娜，发现小芊有特殊的本事，就暗中向蜂王献计，暴露了外来者小芊和娜娜在蝴蝶宫的行踪，并说小芊有一颗神奇的珠子，得之定能称霸。这才昧着良心把小芊抢出蝴蝶宫，骗到红崖洞。

听完小蜜蜂的故事，小芊一方面不想原谅小蜜蜂，一方面又同情小蜜蜂，满心纠结，不知如何是好。

小蜜蜂抹着泪，割断小芊身上的草藤，然后在荆棘门口回望她，那样子，既可恨又可怜。

十二 意外重逢

1

万千蝴蝶一齐出动，相当于百花谷的花朵增加了数倍，静美的花，舞动的蝶，那情景得有多壮观，没见过的人只能自行脑补了。

不到半日，蝴蝶宫大殿之上的琉璃盆里已装了满满的百花露。可是那么多百花露，骁骁要怎么才能带走呢？蝶王正要叫守卫去取些瓶瓶罐罐来，却被骁骁叫停了。骁骁说有办法，于是伸手于空，默念"咪咕咪咕"之声，手心一放，嘿，变戏法似的手心就多了一只精致的葫芦。

蝶王还是笑了："你逗我玩呢？这么小只葫芦，能装多少水啊？别逗了！"

瓷娃骁骁历险记：丹霞惊魂

骁骁很自豪地说："可别小瞧了这小葫芦，它可宝贝着呢，是先前瓷城祖龙宫窑神送我的，当时用来装福泉井水，也是为了救人。"

蝶王还是不信，笑着看骁骁，看他到底怎么能把满满的一盆百花露装进那么点儿小葫芦里。众蝴蝶也都笑嘻嘻地等着看笑话。

骁骁也笑笑："那简单，看我的！"说完，手指并剑，往琉璃盆一指，那满满的凝露之水仿佛找到活头，往空中延伸出一股水流，弯过一道优美的弧线，乖乖地直奔骁骁手中的葫芦嘴，不偏不倚还一滴不洒地钻进葫芦里。

蝶王看愣了，嚄，人家露这一小手，还真比杂耍的好看。琉璃盆里满满的百花露不一会儿全装进了小葫芦里，水流一收尾，蝴蝶们不禁鼓起掌来。骁骁摇了摇，说："虽然不多，反正够救人就行了。"

蝶后还问："这小葫芦里头到底有多大呀？"

"不好说，以前为了救人，连小芊的爸爸妈妈都被我收进去过。"

"厉害，厉害！"蝶王也叹服了，但转念又说，"可

十二、意外重逢

是,我们这边当年玉蜂林送的玉蜂蜜几乎用完了,你还得去找玉蜂蜜,看来得费点儿事。"

蝶王告诉骁骁,玉蜂林很早之前就被大黄蜂打败了,可怜的玉蜂族被大黄蜂抓去当奴隶,成天为其干苦力,伺候好吃懒做的大黄蜂。蝴蝶宫立志要保护百花谷,就是因为不愿屈服于大黄蜂,宁可牺牲,绝不为奴。

言外之意,玉蜂林如果被毁,玉蜂蜜岂不是很难再找到?骁骁表示,无论如何都得去找,多少都可以,当下救人是最要紧的事。

为了去救治中蜂毒的人,还有寻找失踪的小芊,骁骁不敢多逗留,问明了玉蜂林所在,他即刻告辞起身。蝶王蝶后也不便挽留它们最渴望的壮士保护神,只能亲自送骁骁离开。

这期间,娜娜一直不说话,看样子,她心里正在剧烈撞击,骁骁想想,不必强人所难,只要她想通了,事情总有解开死结的时候。于是,他主动跟娜娜告辞,绝口不提要带她离开,给她来个"欲擒故纵",便头也不回地大踏步走出蝴蝶宫,穿过百花谷。

瓷娃骁骁历险记： 丹霞惊魂

哈哈，骁骁才走到百花谷边缘，就听到后头的风声追近了，不用猜，自然是急急赶来的娜娜。

骁骁回头一看果真是娜娜，自空中扇着翅膀优雅地飞落下来。骁骁心头暗暗好笑，脸上却故意夸张惊讶："咦，你怎么……"

娜娜脸一红，低声道："我想我爸我妈了！"

2

出了百花谷，骁骁和娜娜一前一后很快就找到蝶王所

十二、意外重逢

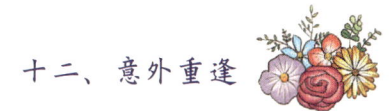

指示的蝴蝶泉。娜娜说:"就是这,我们就是喝了这里的泉水,才变成了两只蝴蝶的。"

骁骁依照蝶王的指示,在蝴蝶泉边仔细寻找,大白天的也不费事,很快就找到蝶王所说的蝴蝶草。很普通的蝴蝶草,据说与蝴蝶泉相依相生,长年开放星星状的蓝色小花。骁骁采了三朵,叫娜娜吃下。娜娜说才不吃花呢,就算在蝴蝶宫待的那些天,她一朵花都没吃过。

骁骁笑着问:"难道你不怕你背后那对蝴蝶翅膀会吓到你爸你妈?"

瓷娃骁骁历险记：丹霞惊魂

说的也是，娜娜无奈，只好张嘴吞下那三朵蓝色蝴蝶草的小花。不过三分钟，她背后的黄色蝶翅就悄悄消失了，一点感觉也没有，就仿佛不曾长出来一样。据说，这种花是上天特意安排的，专为误喝蝴蝶泉变身蝴蝶的人而设，但如果原本是蝴蝶，食之却不能褪去蝴蝶之身。

骁骁又采了三朵蓝色小花收好，期望找到小芊的时候能用上。他们沿山路往东走，那是蝶王指引的方向。也是无声无息的，他们一边走，一边长大，很快就恢复了原先的身形。娜娜看着在她前面走得飞快的骁骁，有点想笑。

"喂，我说骁骁，小芊真的没说错，你真的像他们家的哆啦Ａ梦，会说话的小宠物。"娜娜这回总算相信了小芊平时的奇思妙想，原来都是真的啊。

骁骁顾不上多说话："你不怕我就行，我毕竟不是怪物。"

"是的，他们希望你成为漫威里那样的大英雄，你加油！"

到达玉蜂林的时候，时间还不到正午，但他们可以看到挂在一些残败树枝上的残破蜂巢。果然每一只蜂巢找过

十二、意外重逢

去,一点蜂蜜的味道都没有。

就在他们找得既辛苦又失望的时候,眼前一亮,不是因为找到玉蜂蜜,而是一只小黄蝶在他们面前不停飞舞。娜娜先发现的,大叫起来:"是小芊吗?会不会是小芊?骁骁,你看你看,是小芊吗?"

小黄蝶一会儿飞到娜娜面前不停地舞动,一会儿飞到骁骁手上不停地跳跃。可是,他们没法交流啊。骁骁忽然想起自己收藏的蝴蝶草之花,取出来放在手心,就在小黄蝶的面前,郑重地说:"如果你是小芊,就赶紧把这三朵花吃了,就能恢复人身。"

那小黄蝶上前闻了闻三朵花,却没有吃的迹象。

娜娜急了:"小芊,你看看我,我背后的蝴蝶翅膀没了,就是吃了这种花恢复成人的,你快吃呀,快吃呀!"

小黄蝶在骁骁手心走来走去,好像在纠结什么,最后还是没吃。这中间到底出什么岔子,关键就在于没了海月珠,他们没法交流。

这时,一旁飞过一只小蜜蜂,也停在了骁骁的手心。娜娜一见,啊哈,这不是小蜜蜂六六吗?那么小,那么可爱。

瓷娃骁骁历险记：丹霞惊魂

小蜜蜂和小黄蝶一起振翅飞起，引着骁骁和娜娜一直往东南方向走，在玉蜂林里拐了好几道弯，直到走进一处天然的石洞里……

3

小芊真的快急死了，她万万没想到被小蜜蜂六六从红崖洞救出来后，以为躲回玉蜂林会暂时没事。毕竟有人说过，最危险的地方也是最安全的地方，哦，想起来了，那是跟着老爸老妈看晚间谍战片的时候看来的台词。

当时，小蜜蜂六六趁着大黄蜂大军出动去袭击蝴蝶宫的时候，用蜜酒迷翻几个黄蜂守卫，才得以打开囚禁小芊的荆棘牢。好一番真情讲述才打动小芊的心，说服小芊跟他一起逃出红崖洞。

可是，小芊失去海月珠，她什么也做不了，听说黄蜂大军全力去进攻蝴蝶宫，这下真是爱莫能助了，就算要跑去报信也太迟了。权衡之下，她只能跟着小蜜蜂先悄悄潜回玉蜂林寻找藏身之处。

在玉蜂林躲不到半天，听到动静，知道有人闯入了，

他们吓得赶紧躲起来。小芊透过树叶缝,偷偷瞄见来人,嗬,没看错吧,那不是瓷娃骁骁吗?他身后还跟着娜娜。太好了,自己人啊。小芊忘情地冲出去,飞过树叶飞过树枝,几番被横挡的树枝给挡住,在空中摔了好几个跟头,可是,不要紧,不疼不疼,见到亲人了,哪里还顾得上疼不疼?

她恨不能一头扑到骁骁怀里,好好哭一场。可是,飞到他们跟前,叫嚷了半天,人家没反应。后来还是娜娜先发现了她,惊喜地大叫起来,终于被她认出来了,太好了!

 瓷娃骁骁历险记：丹霞惊魂

可是，没用啊，自己叫唤他们，他们听不到。能听到他们叫唤自己，可是自己回答再大声也没用，双方不在同一频率上。

奇怪，骁骁拿出三朵蓝色的花放在她面前，叫她吃。小芹一时懵了，这是干吗？后来听娜娜一说，哦，明白了。可是……可是……小芹犹豫着，吃了那蓝色的花，自己就变回人身了，可是……可是……不行啊，变回人之后，怎么去救蝴蝶宫的蝴蝶呢？还有玉蜂林那些可怜的玉蜂奴隶

十二、意外重逢

和蚂蚁寨正受苦的小蚂蚁们,谁去救它们呢?

这么一犹豫,她终究没吃骁骁手心里的花。小蜜蜂六六看得真切,知道小芊找到救星了,也听说骁骁和娜娜在找玉蜂蜜,要去救中了蜂毒的人们。六六赶紧飞过来,跟小芊说:"我知道哪里有玉蜂蜜。"

于是,它们引领着骁骁和娜娜一直往林子的东南方走,一直带到一处天然石洞口。骁骁和娜娜稍加犹豫,还是壮着胆子钻进了那处小小的石洞。

哈哈,一进去就闻见沁人肺腑的蜜香。小蜜蜂引着骁骁找到一处相当隐蔽的石缝,在旁边飞了两圈,作为示意。骁骁掰开石头,发现里头还藏着一处往里纵深的洞穴,四壁上挂着各种小型的蜂巢。骁骁按小蜜蜂的飞翔指示,摘下一只蜂巢,掰开一看,嗬,好香好浓的玉蜂蜜啊!

骁骁收好玉蜂蜜,也不多摘,只要了足够救人的量,就把那处石洞穴再度封好,带着娜娜出了石洞,外头再拿些树枝草叶做了伪装,以防被人发现玉蜂们苦心孤诣隐藏和保护的蜂蜜。

那么接下来呢,当务之急是——救人!

4

溶洞口临时驻扎地,烟火还在微微袅袅。

某个帐房内,董爸爸董妈妈正和娜娜的父母有气无力地聊着。聊到各自的孩子,聊到平时给孩子太大的压力,聊到不该为了孩子争上游而强迫他们上太多的课外补习班和兴趣班,唉,都在担忧中感慨内心对孩子的心疼。

董妈妈还抹泪,说自己两个孩子对什么都好奇,遇到危险都不懂得保护自己,如果他们出什么事,自己也不想活了。

娜娜的母亲也抽泣着,伏在娜娜爸爸的肩侧伤心不已:"如果娜娜出事,我也不活了。"

营帐突然被人掀开,众人一看,咦,是个小女孩,正是娜娜,满脸是泪地望着自己的爸爸妈妈。父母二人也惊呆了,一时叫不出口。娜娜"哇"一声冲进来,直接扑到妈妈怀里,哭得比谁都大声。

董爸爸董妈妈都看呆了,还没反应过来。骁骁进来后他们才发现,骁骁身后再无他人。

十二、意外重逢

骁骁迎向董妈妈董爸爸的眼神,脸色是有些失望的,他赶紧说:"我找到解蜂毒的药,先救人要紧。"

董爸爸点点头,带着董妈妈出来,给娜娜和父母留点空间。出来就见骁骁已在溶洞口的清泉边摆好阵势。一只不知哪来的大盆,一只小葫芦,先前见过的,还有骁骁正在打开的绿叶包裹,原来里头是两大块精致的巢蜂蜜。

骁骁像变戏法似的,在旁人还没看清的时候,他已将取自小葫芦的百花露和绿叶包里的巢蜂蜜混在大盆里,手法特别繁复地上下一番搅动,据说这是蝶王暗中传授他的手法,不一会儿就做出一大盆百花玉蜂凝露。骁骁告诉旁边的森林警察和医生,将这些凝露涂抹于中蜂毒者的伤口处,还可取一些泡水让患者服下,蜂毒可慢慢解去。

他让董爸爸董妈妈先行试验,立时就减轻了先前的疼痛,非常见效。众人高兴地去办了。

避开众人,骁骁才从衣服口袋里放出藏好的黄色小蝴蝶和小蜜蜂六六。骁骁话也不多说,面对清泉施展月光魔法,再次幻出水月镜像,镜像正反面一边是蝴蝶小芊,一边是董爸爸董妈妈,通过镜像,变身成蝶的小芊可以和父母清

十二、意外重逢

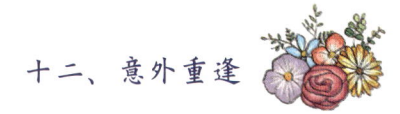

晰对上话了，就像视频通话似的，其实不过咫尺。

董爸爸董妈妈吓坏了，特别是看到小芹背上的蝴蝶翅膀。董妈妈不断地问："会痛吗？你怎么睡觉啊？你有没有饿着？有没有坏人欺负你，你告诉妈妈，妈妈去打他！"

小芹感觉好久没听到妈妈的声音了，一听就落泪："妈妈，你一下问这么多问题，我怎么回答呀？"

双方带着泪花笑了。小芹接着说："我没事，就是变得很小了，但我有很多事要做，我得想办法救蝴蝶宫的蝴蝶，还有，蚂蚁寨的小蚂蚁和玉蜂林的小蜜蜂们都太可怜了，如果没人帮助它们，它们只能一直被大黄蜂欺负。"

董爸爸摇头表示不同意："你只是个小女孩，你什么也帮不上忙，先回来好吗？咱们让厉害的骁骁去帮忙好不好？"

董妈妈不断点头称是，她最心疼女儿了。"还有你哥哥也不知哪去了，你们别吓爸爸妈妈了。"董妈妈脸上的泪还没干，接着又开始流。

小芹扇动翅膀，知道说什么也没用，虽然不舍，还是狠狠心，勇敢地渐渐转身飞走。

十三 波谲云诡

1

那么胖仔涛涛究竟去了哪里?

救援人员潜水进溶洞后的确见过涛涛,要安排受困人员潜水出洞时,涛涛最开始不在考虑范围内。一来,他太胖,二来,没指望他会游泳。可涛涛不服气,非要下水。最后救援人员拗不过他。

据救援人员回忆,涛涛背着潜水设备下水后,在潜水员保护下,游出好长一段行程,才让人放心,看不出这胖小子还不赖。后面的受困人员勇敢点儿的也跟着下水了。前前后后数人都紧紧相跟随,时间掌握得也相当好,行程上没出半点危险状况。可奇怪的就是,一出水后,清点人数,

十三、波谲云诡

偏偏就没有胖仔涛涛。

当时骁骁就怀疑水中有问题,但人们哪里知道背后还有什么力量在较量。连着几个潜水技术高的人下水去寻找,也没找着,把董爸爸董妈妈给急坏了。还好骁骁安慰他们,因为他感应到涛涛还没出事。

涛涛果然是着了萨多魔法的道,在水中被水蛇幻化的幻象水路给引到岔道上去了。其实,他去了黑龙潭,一个看起来特别和气的老头好好款待了他,留住这胖小子特别容易,拿些好吃好喝的就能收买他。涛涛心里根本没设防,早就被迷幻得忘了前后的事,眼里只有好吃好喝的。

得知那个和气的老头叫黑龙老头后,有一恍惚的瞬间,他感觉老人家身上有过去乌达的影子和气息,略微有点熟悉。

黑龙老头根本不想折磨涛涛,只是因为太寂寞,想找个人来聊聊。涛涛太胖,也不太会聊天,还有点笨重。黑龙老头自然是不吃人的,先前叫水蛇引来有魔法的骁骁,没能拿捏住那个小怪物,他有些失落,如今水蛇引来据说跟骁骁有密切关系的胖小子涛涛,哼哼,心下有底了,利

瓷娃骁骁历险记：丹霞惊魂

用这小子，要拿住那个小怪物应该不难，人家会自动找上门来的。

在黑龙潭水洞内，涛涛陪着黑龙老头在石镜上看到外面的世界，就跟看立体电影大片一样，好看着呢，特别是看到大黄蜂与蝴蝶一战，不管有没有特效，完全精彩到爆。涛涛看见骁骁出手帮助蝴蝶军，打败黄蜂军的蜂王，居然没什么异样的感觉，只一味觉得好看。

黑龙煞趁机偷偷用了催眠术，想套出涛涛背后更多的事情。果然，涛涛承认他们是来找妹妹小芊的，听骁骁说过小芊变成蝴蝶了，还丢了一颗很厉害的海月珠，那是海神送的圣物，非常神奇。黑龙老头一听，知道自己应该要什么了。在镜像里看得分明，蜂王手上那个有杀伤力的东西应该就是海月珠，它从骁骁剑下逃回，必是回红崖洞疗伤了。

假如自己能得到那颗海月珠，就算不能除掉自己身上的魔法，要么成为丹霞山最厉害的自然神灵，想想也是一件美事。

黑龙老头不动声色地继续控制住涛涛，让他看镜像里

十三、波谲云诡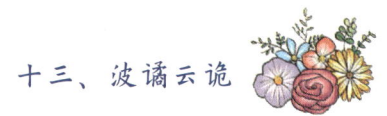

各种水族表演,有鱼舞虾舞、蟹斗蛇斗,精彩至极……

2

娜娜原本想跟父母回去,再也不想理会那些可怕的打打杀杀了,更不想见到那些可怕的昆虫。可是,当她得知骁骁和小芊要再度去冒险,拯救丹霞山的昆虫界时,她有些犹豫了。

一来,眼睁睁看着同桌兼闺蜜去冒险,自己却躲起来图安全,这于情于理都说不过去;二来,自己在蝴蝶宫也受到了所有蝴蝶的热捧,它们喜欢娜娜的舞蹈,认识到娜娜的跆拳道功夫是有能力保护它们的,如果蝴蝶宫有危险,娜娜不能袖手旁观吧!

想明白后,娜娜向父母提出来,自己要跟骁骁一同前往,无论前方多危险,也要去尽一份自己的力。本以为父母会担心得半死,但据说他们见识过骁骁的神奇力量,一点也不用为娜娜担心,反倒特别理解和支持。这真是大出娜娜的意料。

不过,当娜娜和骁骁向深山走去时,娜娜母亲还在后

瓷娃骁骁历险记：丹霞惊魂

头补了句话："回来把经历写成周记，下周可以交给老师拿去参赛。"娜娜一听，一个趔趄差点摔到旁边山坡下。

在蝴蝶泉边，娜娜再度喝下泉水，变为蝴蝶，与骁骁、小芊一起飞抵百花谷。但是，他们到底来晚了。

目力所及，百花谷百花凋零，花叶残枝落了一地，到处东倒西歪，仿佛千军万马践踏过一般，许多地方还被火烧成焦土。他们心头一惊，知道坏事了。果然，蝴蝶宫也被破坏得惨不忍睹，宫墙已被攻破，死伤蝴蝶四处散落，哀声不断，大半个蝴蝶宫化为焦土，残烟缭绕。

前后不过一日，骁骁没料到还是

十三、波谲云诡

晚到了一步。从废墟里飞出一只小蓝蝶,落在娜娜和小芹面前,哭着说,水蛇带着盲蛇军、蜂王带着黄蜂军,突破了百花谷的防御,抓走了蝶王与蝶后。

黄蜂军行动如此迅速,骁骁猜测,蚂蚁寨一定也未能幸免。果然,等他们赶到蚂蚁寨后,那里也是一片惨象。据说,在蚁后为救小芹献出性命后,大黄蜂对蚂蚁寨的欺压变本加厉,虽然蚂蚁寨新的领袖——蚂蚁公主勇敢地鼓

瓷娃骁骁历险记：丹霞惊魂

励蚂蚁们不要屈服，暗中准备战斗。可是，大黄蜂以迅雷不及掩耳之势把蚂蚁公主给掳走了。玉蜂林里，也找不到小蜜蜂六六的行踪，估计凶多吉少。

这下，蝶王蝶后、玉蜂后、蚂蚁公主都被抓住了，一定是被控制在红崖深处。骁骁这才知道，原来大黄蜂下了一盘很大的棋，它的欲望是控制并称霸整个丹霞山的昆虫界。

小芊说："听说蜂王要建一个在红崖顶最庞大的黄蜂老巢，这段时间，所有小昆虫都被它驱使去当奴隶，去干活。"

"看来，这虎穴是非闯不可了。小芊，娜娜，你们还是先回去吧，我一个人足够了。"骁骁还是担心两个小女孩的安全。

娜娜还抢话说："打虫子这种事，我以前想想都怕，现在，我要证明自己有勇气战胜虫子！"

小芊却说："不能让海月珠落在坏蛋手里，一定得抢回来。"

骁骁无奈，只好带着两只小黄蝶，咬牙去赶赴一场昆

虫大战。

3

正得意的蜂王被一股黑烟力量给拘到黑龙潭,跟水蛇一起跪伏在黑龙煞面前。蜂王发现石桌旁有个大胖仔边吃东西边看石镜里的蜂蝶战争片,却不知道那小子是谁,更不知道黑龙煞葫芦里卖的是什么药。

蜂王那个不服啊,心里头已经把那个几百年看不顺眼的黑龙老头又咒又杀千百遍了。它看了看旁边的水蛇,对水蛇的恶毒眼神也不给好脸色。"看什么看,没见过这么帅的蜂王吗?"

瓷娃骁骁历险记：丹霞惊魂

"喊！谁给你的自信？也不闻闻自己身上，几百年不洗澡，臭得几十里外都能闻到，恶心！"水蛇扭了扭水蛇腰，妖娆地讥讽蜂王。

蜂王也没好气："你以为都像你，成天泡在水里，泡到一根毛都没有，成天裸身出来，羞不羞？"

"你……"

黑龙煞一挥手："别吵了！蜂王，还不交出来？"

"交什么？"

"交什么你会不知道？"

十三、波谲云诡

"我……不知道!"蜂王还要装疯卖傻,不料被黑龙煞一把捏在手里,被扼住喉咙。蜂王不服,暗中驱动海月珠,红光一闪,正要杀出。

黑龙煞掌控这些小虫子几百年,会不知道这些东西是没脑子的家伙吗?蜂王手脚一动,黑龙煞就知道它想干吗。根本看不清黑龙煞是怎么办到的,红光刚闪的海月珠一下就落在他手上。

"小心,你剩下的手脚我给你留着,敢有什么想法,我把你剁成光杆!"黑龙煞面上和气,说话却异常阴冷。看着手中的海月珠,逼迫蜂王的话却说得滴水不漏。

"还给我,那是我的!"蜂王急得说话都不经大脑了。

水蛇趁机讥讽它:"你脑残吗?不晓得整个丹霞山都是黑龙煞的吗?找抽!"

蜂王顿时就蔫了,它已被骁骁削去两只脚,再要被黑龙煞给剁成光杆的话,那不比水蛇还丑吗?它不敢吭声了。

涛涛表面看着镜像里的精彩画面,耳朵其实却听进了黑龙煞跟两个黑恶手下的对话。黑龙煞说了:"到时候骁骁和小芊找上门,你们不许伤他们,只许好好哄,关键时

瓷娃骁骁历险记：丹霞惊魂

候，自有安排！"

涛涛听到小芊的名字，心里还有那么点清醒，知道事情不妙。可是此时怎么身不由己呢？

黑龙煞有自己的目的，哪是几只昆虫小辈懂得的？蜂王和水蛇只好听命而去，不在话下。

骁骁和小芊、娜娜飞抵红崖洞不远处先隐蔽起来，不宜打草惊蛇。却发现红崖洞口十分热闹，原来，一批批大黄蜂正在抽打不听话的蚂蚁、蝴蝶和玉蜂，有吊打的，有在地上抽打的，另一边还有推出悬崖任其掉落下去的。"不听话，统统丢进了黑龙潭喂水蛇。"

小芊眼尖，隔着老远就看到小蜜蜂六六也被押上了悬崖边，它就要被丢进黑龙潭里喂水蛇了。小芊看到潭水面上水蛇盘旋，太吓人了，她最怕的就是蛇。在她正恍然出神地看蛇的时候，对面被捆结实的小蜜蜂六六已被丢了出去。

小芊和娜娜同时飞出草丛，纵身去救小蜜蜂六六。

4

千钧一发，小芊和娜娜在空中一起抓住小蜜蜂六六，

十三、波谲云诡

赶紧飞到一旁。骁骁知道行踪暴露了,只能硬着头皮直飞红崖洞口。

月寒剑在手,一声正气呵斥,骁骁大开杀戒。大黄蜂早有防备,防守十分严密,成百上千支毒蜂针密如雨丝齐飞进攻,把骁骁密密罩在蜂针雨里。

哈哈,大黄蜂不知道,骁骁是瓷之身,什么蜂针也别想扎进他的肉里。那些蜂针自然就在空中飘散落下。骁骁身形未到,剑气已出,剑气过处,无坚不摧。再说了,小小昆虫界,再强大的防御工事,在骁骁的魔法中都不值一提。骁骁要防的是那个深不可测的黑龙煞,不知道对方躲在哪个暗处,会不会出阴招暗算。

小芊和娜娜救下小蜜蜂后,一起奔洞口杀过去。娜娜的跆拳道真不是白练的,打起来连小芊都看傻了,那个泼辣劲完全没了平时淑女的风范,整个一女侠。小芊只能躲在娜娜的身后,她没想到有朝一日,自己居然还得受同桌这个爱唱爱跳的女生保护,好吧,这回真是被娜娜抢尽了风头,不服都不行。

红崖洞口一翻乱打后,大黄蜂根本不是骁骁的对手,

十三、波谲云诡

纷纷败阵而逃。骁骁冲进洞中,却发现蜂王在那又吃又喝,早候着呢。娜娜不知情,小芊也来不及提醒,娜娜冲进洞去,一下被熏得当场就吐出来。"哇,臭死了!"娜娜再也不想返回洞里,跟小蜜蜂六六守在洞外。

小芊忍着恶臭陪在骁骁身旁,她担心那颗海月珠不知道怎样了。不料他们还没说话,蜂王就主动示好。"辛苦各位了,来来来,坐下喝一杯,吃点小菜,都是玉蜂们亲自去采摘的瓜果点心。"

骁骁看来看去,知道对方一定有玄机,姑且按兵不动,坐下冷眼观察。

小芊心急,立即问:"海月珠呢?快还我海月珠。"

"哦,那个啊,有有有……"蜂王居然一点也没搪塞,双手捧出海月珠,交给小芊。

小芊拿过海月珠,一看,额滴神啊,脏得快成土块了。

蜂王接着说:"不好意思,本王太久没洗澡,你们也知道……太忙,忙得打这个……打那个……打天下的人,哪有空洗澡是不是?"

这话说得,小芊和骁骁都觉得好笑。你一小小昆虫还

跟人谈什么打天下，简直太把自己当回事了。

蜂王的话还真多，接着拜在骁骁面前："听闻这位高人，实在厉害，本王输得心服口服，本王决定了，拥你为王！这方圆几百里丹霞山，统统归你号令，你看怎样？"

骁骁笑了："听你那意思，要我当个虫界之王？"蜂王听了感觉没错，点头称是。骁骁点头了："那太好了，我还真想当呢！"

小芊吓一跳，骁骁怎么了？神经错乱了？小芊直冲骁骁眨眼睛。骁骁却没理她，兀自说："你立即把蝶族、蚁族和玉蜂族都放了，日后我自然要好好调教它们。"

"好说！"蜂王异常爽快，起身下令，立即释放蝶族、蚁族和玉蜂族。

嘿，这唱的是哪一出啊？骁骁倒要静心看看这里头究竟有什么阴谋。

十四 寂寞无敌计中计

1

在娜娜的守护下,蝶王蝶后带着一众蝴蝶回到百花谷。然而满目疮痍,令人无限感伤。蝶王蝶后经过这一次打击,几乎病倒。

娜娜身为曾经的蝴蝶公主,她在安抚蝶王蝶后的同时,还要号召残余蝴蝶们大举兴建家园,努力恢复蝴蝶宫。娜娜变得比先前更坚强更乐观了,因为她相信一个有爱的家庭,没什么困难能难倒,就像她的父母又回到她身边,她感觉浑身都是力量,再苦的生活也能撑下去。

而且,她是听从骁骁的安排,带领大队伍暂时休息整顿,默默地做准备。

瓷娃骁骁历险记：丹霞惊魂

于是，百花谷里，蓝色蝴蝶负责重建蝴蝶宫，其他颜色蝴蝶负责运送物资和种植花草，娜娜扶着蝶王蝶后在山坡上望着大家的忙碌，心里暖暖的。

蚂蚁公主一回到蚂蚁寨，也在疗伤中坚强起来，号召大家休养生息，等待信号。它坚信救世主一样的骁骁一定有办法铲除邪恶，还丹霞山以安宁。

至于小蜜蜂六六陪着蜂后回到玉蜂林，也带着残余的玉蜂们开始重建家园。经过苦难，经过欺凌，它们更加热爱自己的家园，也变得更加勇敢坚强。

在蝶族、蚁族和蜂族之间，秘密传递着某种信息，互通有无。它们在担心小芊会被大黄蜂骗了，担心骁骁不了解敌情，所以它们秘密商量，希望早点出动去帮助小芊和骁骁。但娜娜一再阻拦，说骁骁有交代，不到时候不能贸然出手，以免过早暴露自己，特别是现在大家都自身难保，应该保存实力，等待时机成熟。

而且，它们各自的侦察兵也发现了敌情，它们的家园外围无一例外地被水蛇率盲蛇军给团团围困住了。它们相当于被软禁并被监视。

十四、寂寞无敌计中计

黄蜂王倒是谨小慎微起来，异于之前的倨傲不逊，反而处处都在讨好骁骁和小芊。骁骁早看出来了，这家伙绝对不怀好意。好几次刻意跟小芊套近乎，为此还特地去洗了个澡，带小芊去把海月珠也洗去了泥土。但小芊已得骁骁的暗示，只不过故意配合对方，小心行事，意在等骁骁引出对方的幕后黑手。

有几次，趁着小芊在水边发呆，黄蜂王差点就用蜂针扎到小芊的手了，它想替黑龙煞弄到小芊的血液。但每一次，骁骁都及时发现，一叫小芊就把黄蜂王吓退。几次之后，黄蜂王恨得牙痒痒。不过没办法，黑龙煞有指示，不能动武，必须智取。

偏偏骁骁看出了黄蜂王的丑态，知道它必是受制于人，才强压住自己的脾气。明明骁骁削去他的手脚，他还一点怒气都没有，这怎么可能？骁骁就想方设法要激怒对方。

果然，骁骁一会儿嫌洞内光线太暗，要求开窗洞；一会儿要求黄蜂王亲自给他采露水洗澡，不想用黑龙潭的水洗澡；一会儿嫌大黄蜂们个个都臭，要求全体到黑龙潭洗澡。哈哈，反正各种折腾，最后居然要黄蜂王跳舞供所有黄蜂

瓷娃骁骁历险记：丹霞惊魂

取乐，这下真激怒了黄蜂王。

它暗暗布置，准备给骁骁来个万蜂攻击，万针穿心！

2

骁骁洗澡的时候，故意让小芊在不远处守着，还高喊："千万看好，别让任何人靠近，我洗澡的时候，最怕打扰，因为灵力最弱，随便什么都能伤我的，千万看好！"

小芊心里暗笑，这么明显的骗局，怎么能骗得了大黄蜂？好吧，骁骁说，大黄蜂一点脑子也没有，想事情都不会拐弯，特别好骗。果然，不过几分钟，万蜂云集，黑压压地像乌云把天空都给遮蔽住了一样。

小芊按照骁骁的吩咐，收拢翅膀，躲在一处岩石下面，大气也不出。骁骁兀自在水中洗着，抬头看看，装糊涂："这

天,怎么说黑就黑了?"

天空突然射下无数蜂针,全都射往骁骁洗澡的露水台。好家伙,壮观得如同好莱坞特效大片,万箭齐发,躲都没处躲。

一波蜂针过后,水花四溅,还没完,紧接着又来一波万针穿心,那露水台早就没了可插针的缝了,扎得千疮百孔的。大黄蜂们在空中等了一会儿,确定地面上再无动静了,开始派出小分队下来探查。它们飞到蜂针密集的中心地带,把那坨被它们射成了针球的东西拖出来,以为这下总算把骁骁干掉了。

黄蜂们开始庆祝,打开那被浴巾包裹住的蜂针球,哇,这下它们全都傻了,那哪是瓷娃骁骁啊,竟然是它们的黄

蜂王。可怜的黄蜂王,被五花大绑,嘴里被草藤堵得都破相了,浑身被蜂针扎得早就稀烂,一声都吭不出来就一命呜呼了,稀里糊涂,不明不白地。所有大黄蜂都不明白发生了什么事,一下没了首领,全乱了阵脚,四下溃散。

而骁骁早就带着小芊跑到红崖顶上,望风观山,好不自在痛快!这一切都让黑龙潭的黑龙煞看在眼里,很是佩服。他原本想通过蜂王试探试探骁骁和小芊是否有难以预料的强大力量,现在看来,倒真是不可小瞧了两个小朋友。不过没关系,他有恃无恐,信心满怀地坐着慢慢想事情。

他对涛涛说:"没想到你这个朋友挺厉害,还能来个金蝉脱壳,再来个移花接木,果然是高手,也难怪,小小黄蜂哪里是他的对手?!"

涛涛一言不发,他已经不会判断是非了,双眼呆滞地看着前方。

黑龙煞拍拍涛涛的脑袋,颇有深意地说:"小朋友,不如……你帮我个小忙吧。"黑龙煞在这山里孤独太久了,太久没有遇到这么热闹的事了,越来越好玩。相比之下,以前迫于自然的压力,只能在一些小昆虫上下文章,让它

十四、寂寞无敌计中计

们要些你争我夺的戏来看看,到底还是没劲儿。

是该出去透透气了,世界变化比想象的还要精彩还要快。反正也就是耍些游戏,无伤大雅,谅世界也不能奈我何!黑龙煞有时候狂,狂得有些寂寞;有时候忧伤,为时光流逝而忧伤。

他期待与骁骁来个面对面的对决,让世界看看,他黑龙煞成了怪物了,被人遗忘后做怪物太久太久了,久到没意思极了,真想破口大骂。

3

红崖顶上,骁骁和小芊正为收拾了蜂王感到痛快。骁骁说这不过是小小练手,好戏还在后头。正如他对小芊说过的,对敌人的仁慈就是对自己的残忍,防人之心不可无,特别是那种无事献殷勤的家伙,绝对居心叵测,必须防。

小芊似乎想到什么,问道:"骁骁,你是不是发现背后可能有更可怕的魔法力量?"

"是的,我之前已经和他交过手,就是底下黑龙潭的主人,黑龙煞。"

瓷娃骁骁历险记： 丹霞惊魂

小芊有些担忧："这名字听起来好像很厉害的样子，你打得过他吗？"

骁骁坐在山石上，迎着山风，神色凝重地说："他在黑龙潭已几百年，比我功力还深，他无意中受控并习得萨多魔法，数百年来吸收丹霞圣地的灵气，才导致原本的七彩丹霞只剩下红色地貌，而且还在老化褪色。"

小芊头一回听说还有这种怪物，心里着实吃了一惊。"可是，要对付这么厉害的怪物，咱们那些小昆虫怎么能行？"

"哈哈，可别小瞧了那些小昆虫，它们是丹霞的精灵，是山川万物灵动的使者，它们自有它们的灵气。"

正说着，山林里传来一阵叫喊声。小芊和骁骁赶紧藏身树上，见叫喊的人正是涛涛在逃命，身后是一大群蛇在追赶他。

"啊，哥哥！"小芊大叫起来，可她是小蝴蝶，再怎么叫也没法跟涛涛对上话。骁骁飞身出去，身形变高大后，月寒剑在手，三下五下就把涛涛身后的蛇群给全数斩杀。

涛涛松了口气，趴在地上起不来了。骁骁过来扶起他，涛涛立即趴在骁骁肩头哭泣。"吓死我了，吓死我了，我

差点死在蛇窝里。"

"那你是怎么逃出来的?"

"我……我趁那些蛇出动的时候,逃出来。"

"蛇要去哪你知道吗?"

"我又不是蛇,我怎么知道它们要去哪儿?"

骁骁想了想,招呼小芊飞出来。涛涛看到小蝴蝶了,按骁骁的提醒,那是妹妹小芊无疑。小蝴蝶停在涛涛的肩膀,一时没发现什么异样,只听骁骁说:"该发出警告了!"

骁骁站在山巅之上,迎着风,从手心打出数个月光球。山风猎猎,月光球逆着风飞远了。骁骁还没来得及回头跟涛涛和小芊吩咐事情,忽然背后被人狠推了一把,被推出

瓷娃骁骁历险记：丹霞惊魂

悬崖之外，正想凌空翻身，却连中三记穿心电击，一时昏昏沉沉，往悬崖深处掉去。

他肩膀上的小芊吓坏了，不敢相信哥哥做出这样的事，大叫时骁骁已被打飞出去，回头再看，哪里还有哥哥？是一个陌生的老头站在那，面色狰狞地笑着。老头伸手一罩，一下就把小芊罩在一只玻璃罐里了。

"哈哈哈哈……你不认识我，但我认识你，听说你是太阴少女，嗯，那对我修炼魔法必是有用的！哈哈哈哈……"

黑龙老头一跃而起，纵身跃下悬崖，直扑崖底的黑龙潭。那里，水面上的水蛇已经将骁骁再次困在水蛇幻境里，这回只怕没那么容易脱身了。

十四、寂寞无敌计中计

4

小芹恍恍惚惚醒来，感觉手指尖有点疼，没细看。

环顾又一个奇怪的石洞，看到一圈浮在空中的东西，看清后才知道那是水，整团水浮在空中，里面有个人，再细看，哇，那不是哥哥涛涛吗？

洞中心有一突出的小石像，再细看，哇，那不是骁骁吗？骁骁又变成石头了！

小芹一着急，跑了几步，结果被一层透明的东西给挡了一下，反弹回去。她这才看清楚，自己被罩在一只玻璃罐里。

洞中四下无人，抓她的那个老头不见了。但在石像骁骁四周却游走着许多条蛇，借着微弱的光，那些蛇身上的斑纹还发出令人作呕的色光。

小芹定一定神，知道肯定是骁骁说的那个怪物干的，如果对方会萨多魔法，骁骁可就棋逢对手了。小芹牢记骁骁的话，千万不要慌，哭哭闹闹是没用的，必须冷静地想想怎么对付每一次的处境。

瓷娃骁骁历险记：丹霞惊魂

　　小芊想起上次骁骁被封在石头里，骁骁告诉她是她驱动海月珠的力量才帮助骁骁破解了水蛇幻境，才让骁骁从石头里解脱出来的。对，这次也必须要试一试。小芊拿出失而复得的海月珠，这回真的集中心神，开始念动魔法咒。

　　"咪咕咪咕，咪咕咪咕，咪咕咪咕……"

　　她以为能实现隔空对话，像上回一样。海月珠果然发光了，发出的光异常灼热，热到小芊拿不住，撒手了。红光太过刺眼，小芊不得不遮住眼睛。没想到那珠子居然突然击破玻璃罩，飞抵石像骁骁头顶，当头罩下，化为乌有。

　　小芊很担心，不知道海月珠到底有没有帮到骁骁，在那焦虑地等着，等着。可是，四周破碎的玻璃碎片传来阵阵寒意，洞中不知哪来的风，令人浑身发冷。石像骁骁开始有动静了，居然在石像身上开始裂出条条纹路，全是发着红色之光，然后能听到骁骁的痛苦叫喊之声。糟了！骁骁一定被什么困住，还在受着折磨。

　　小芊吓坏了，大声喊叫着骁骁，可是石像兀自不动，身上的火线发出骇人的灼烧之光，骁骁的痛苦叫声一下一下撞击在小芊的心上。

十四、寂寞无敌计中计

"哈哈哈哈……"黑龙老头走进洞府，走到石像旁，得意地笑着，转头看看蝴蝶小芊，说："这就叫心术，你们会玩，我也会玩。一颗假的海月珠，让你驱动了魔法，隔空困住了那个小家伙，别想脱身了。哈哈哈哈……"

小芊愤怒地大骂："你把骁骁怎样了？"

"放心，他又死不了，他是瓷不是吗？我不过是略施小计，让他在水蛇幻境里受点苦而已，没上回那么好运了！"黑龙老头感觉越来越好玩，笑得也越来越狂放，还拿出手上真的海月珠，把玩着。

"啊，借助你的力量，这珠子真是好玩呢，我感觉吸收了更有用的力量，我能抵达魔法的深度境界，到时候，世界会越来越好玩的，哈哈哈哈……"

小芊这才知道，自己的指尖会痛，是因为自己的血被利用去驱动海月珠了。她记得骁骁说过，一切正义的魔法是不以人血为驱动力的，海月珠本是海神所赐，如果以小芊的血去污染了，不知道会出现什么后果。

她想哭，却咬牙硬忍着。

十五 远古的蝴蝶圣光

1

小芊第一次听到骁骁的惨叫声,她完全吓懵了,连哭和害怕都忘记了。

认识骁骁这么长时间,几乎从未见过骁骁有失败的时候,好像任何困难任何对手都会被骁骁拿下,在小芊心目中,小小的瓷娃骁骁就是她的超级大英雄。

然而,今天亲耳听到被困在石头里的骁骁发出无比瘆人的叫喊声,小芊感觉心都要碎了。她懊悔自己的无知害了骁骁,自己太过大意,没发现海月珠是假的,轻易上了恶人的当。

黑龙煞化作一阵轻飘飘的黑烟,瞬间移位到小芊面前,

十五、远古的蝴蝶圣光

阴阳怪气地说:"本来我应该一口吞了你,就像过去说书里传说的吃唐僧肉,但是,那是不会玩的蠢货才干的事,我嘛,自然要有新的玩法儿。"

小芊连扇动翅膀的力气都使不出来了,浑身无力到趴在地上。不,骁骁说过,不能轻易服输,最艰难的时刻一定还有希望。

而身在水蛇幻境里的骁骁,原本可以想出破解之法,当他感应到小芊在驱动海月珠的时候,意识到事情要坏,可是无法跟小芊正面取得联系,干着急也没用,只能静待事情演变。不料,小芊误中黑龙煞的诡计,通过假的海月珠将萨多魔法的灼烧咒罩在了幻境石像上,导致骁骁浑身受到灼烧折磨,痛苦不堪。

骁骁还好有月光桑莲护体,保持着最后一点清醒,但身上要受着上千度的灼烧,那种极度痛苦仅凭想象是无法体会的。瓷器在高温窑炉里被烧到一千三百多度的时候,已呈麦芽状,如今以瓷为身的骁骁正如掉入千度窑炉一般,浑身捆着无数道灼烧铁藤,入骨入肉地备受折磨。

这就是黑龙煞阴狠毒辣和智慧过人的地方,暗地里观

察骁骁的一举一动，洞悉骁骁的瓷身与月光魔法后，找到了确切的对付办法，那就是萨多魔法中的灼烧咒可以缚住骁骁，而且不必自己当面与骁骁搏击，来个"借刀杀人"，趁太阴少女小芊中计来驱动魔法，利用她的血液加速魔咒生效，简直是四两拨千斤，妙计天成。

更让小芊料想不到的是，黑龙煞困住骁骁只是第一步，他的下一步手段紧随其后。黑龙煞飞身停在石像骁骁之上，倒身双手撑住石像头顶。

小芊不知道这个怪物还想干什么，飞身过去，可小小的蝴蝶撞击在强大的灵力冲击波上，被狠狠地反弹出去，像一片花瓣在空中飘落。

黑龙煞手抵石像骁骁头部，体内仿佛有着无穷无尽的黑洞，正以强大的吸力在吸收骁骁身上的灵力。两人身上同时发出复杂多变的光，同时还有骁骁的痛苦叫声和黑龙煞的吼叫声。

突然一声轰鸣，强大的冲击波震得洞府内一片狼藉。小芊被震飞出去，迎着她的方向的正是张开血盆大口的水蛇，等着她自动投进蛇嘴里。"哗啦——"空中的水团也

十五、远古的蝴蝶圣光

被震破了,大水从空中砸了下来,正砸中小芊和水蛇。小芊被冲到角落去,水蛇的等待落空了。

涛涛重重地跌到地上,同时,水蛇游移着,朝湿漉漉的小蝴蝶爬去。

"噌——"一声响,破空飞来的月寒剑将水蛇的头整个钉在石头上。

2

丹霞山上风云色变,人们感觉四面有异动。各种大小动物躁动不安,四处乱窜。

有人怀疑,是不是要地震?但没有官方给出的任何可靠信息。先前被大黄蜂袭击中毒的人们用了骁骁所配制的百花玉蜂凝露后,基本解毒,全身而退。只有救援人员还在山里时刻待命,仿佛有什么事还没做完。

娜娜时刻关注周边水蛇动向,她最先发现空中飞来的骁骁月光球信号,知道是时候了。她早已安排好蝴蝶军,提前做好排兵布阵,一跃飞上天空,在还没有完全恢复的百花谷上空吹响陶笛。那是骁骁临行前交给她的,告诉她

吹她最擅长的曲子。

陶笛已带上骁骁的魔法力量，是专门对付蛇族的秘密武器，在娜娜的手里发挥得正好。

那时节，围困百花谷的水蛇和盲蛇军也开始行动了，只是它们没料到，还没跟蝴蝶军正面交锋，就被蝴蝶公主娜娜的陶笛之声给控制住了。蝴蝶军所到之处，那些被陶笛声控制而僵死的蛇族只能呆呆地被撕咬。蝴蝶军顺利突围，路过蚂蚁寨和玉蜂林，也是在娜娜的陶笛声里，无数蚂蚁和无数玉蜂一齐出动，它们啃噬水蛇，针扎盲蛇，但凡路上阻挡它们的都被它们涌过之后，一概收拾了，仿佛长久受欺，一朝解恨。

大黄蜂虽然失去了首领，但全体还在萨多魔法的控制之下，自然是由黑龙煞控制着。大黄蜂也闻风而动，四面布阵，坚守红崖。先前都是大黄蜂出击去侵略其他昆虫地盘，如今是丹霞山昆虫界联手同时反击，犹如一场史诗盛世大战，一场绝地反击。

地面战场，蚂蚁大军铺开地毯式进攻，不计其数的蚂蚁如水漫山林，瞬间铺过水蛇盲蛇的地盘。在没有陶笛声

十五、远古的蝴蝶圣光

控制的时候，水蛇、盲蛇淹没在蚂蚁军中，各种翻腾也无济于事，浑身爬满复仇的蚂蚁，不消几分钟便被啃噬一光。

空中战场，蝴蝶军和玉蜂军并肩作战，虽然个头比大黄蜂都要小，但双方配合默契，把大黄蜂又迷又揍，打得对手毫无还手之力。娜娜虽然在蝴蝶军中个头算小的，但战斗力爆棚，据她后来回忆，感觉当时跟那些沉迷在游戏中的同学差不多，完全沉浸在打败对手的快乐里，没有恐惧，勇往直前。

还不止于此，连人类也行动起来了。据有关方面统计调查数据，分析得出丹霞山常年因大黄蜂恶性生长，蛇类泛滥，造成极大的生态失衡，周边虫类和植物大量被破坏，甚至多次发生伤人事件，大大影响丹霞景区口碑，因此，有关方面指示，必须进行环境整治。

于是，人们发觉山林中有异动，临时组队参与护理，都穿着防护服，拿着各种设备包括之前对付大黄蜂的电蚊拍，一到山林发现从未见过的昆虫大战，吃惊之余大概明白是怎么回事了，纷纷出手对付大黄蜂和蛇族。

大黄蜂注意到传说中的金刚公主娜娜在空中相当勇武

难挡,暗中集结力量,准备主攻娜娜。而娜娜还没意识到危险临近,只是感觉四面八方总有打不完的大黄蜂,自己也渐渐感觉到力不从心。大黄蜂的主攻阴谋即将得逞,把娜娜越逼越往后退,敌方暗箭已破空而出……

3

天空之战,纷纭变幻,根本看不出谁占上风。大黄蜂围攻蝴蝶公主,暗箭直接飞向娜娜,千钧一发之际,小蜜蜂六六横飞挡在娜娜身后,替娜娜挡了数道毒蜂针。当娜娜醒悟过来,回头看的时候,小六六已无力地落入风沙……

"六六……六六……"娜娜叫喊着,直线下坠去拉小蜜蜂六六。身后引得许多大黄蜂一路直线往下追杀。蓝蝶军团全力保护蝴蝶公主,天空出现奇异景象,一股黑黄力量直追小黄蝶,两旁蓝色蝴蝶军和黄色玉蜂军形成数股力量攻击大黄蜂。

几乎快坠地的时候,玉蜂军铺出一朵蜂云接住六六,娜娜抵达后扶起六六,只听六六吃力地说:"蜜蜂……蝴蝶……好……朋友……"随即无力地垂下翅膀与手脚。

娜娜泪流满面，悲愤大喊，一飞冲天，带领蓝蝶军团更加勇猛地杀入大黄蜂阵营，把敌军打得落花流水，令对方毫无还手之力。

黑龙潭也发怒了，水面突然旋转飞升，仿佛整潭水都被转上天空，随即狂风裹挟着流水，席卷四方。天色昏暗下来，黑龙煞像幽灵一样立于空中，在其双手指挥下，被囚于潭底洞府的涛涛和小芊被拘了出来，捆上了潭边红崖壁，网在层层树藤内。一时风云色变，满地的蚂蚁被吹得七零八落，纷纷找藏身之处保护自己，天空中的蝴蝶和玉蜂也在狂风中失去控制力，被吹得四下散落。

而人类看到大自然像发怒的情景，也吓得赶紧找掩体躲起来。但董爸爸董妈妈发现了悬崖上被困住的涛涛和小芊，十分惊恐不安，不顾众人阻挠，冲进风雨里。

瓷娃骁骁历险记：丹霞惊魂

黑龙煞为了彰显自己的力量，亲手演绎了这一切。他还把小芊的蝴蝶之身变大，为了让人类看看他是怎么打败阻拦他的力量。"哈哈哈哈……愚昧的世界！小小虫子也敢叫嚣，小小人类也敢践踏自然！太可笑了。"

董爸爸董妈妈拿出砍刀去砍树藤，要救出涛涛和小芊。黑龙煞早就发现了，根本不放在眼里。对他来说，现在有种丹霞主宰的感觉，把一切踩在脚下的感觉，十分享受。

小芊身后的蝴蝶翅膀有些残破了，可还是吓得董妈妈边哭边问她疼不疼。

十五、远古的蝴蝶圣光

小芊疲惫地摇着头,指了指已经抽干水的黑龙潭底,那里正在发出红光的正是被灼烧中的骁骁。

娜娜冲出风雨,艰难地飞抵小芊面前。小芊认得小黄蝶,必是娜娜无疑。小芊吃力地说:"娜娜,我已经没有海月珠了,骁骁被困在石头中,得想办法救他出来,才能对付那个怪物。"

小黄蝶娜娜在空中乱飞,不知如何是好,蝶王蝶后和背着蚂蚁公主的蜂后也飞到小芊身旁,它们听说骁骁被困,一齐来想办法。

董爸爸董妈妈看傻了,一句话也插不上,没想到女儿小芊跟小昆虫说得有来有去。涛涛清醒过来,指着空中的黑龙煞说:"是他,他把我抓走。他不是好人!"

黑龙煞转头冲涛涛瞪了一眼,发出低吼的叫声。董爸爸说:"别怕!看他那副丑样,绝对没好报!"

黑龙煞恶狠狠地瞪着董爸爸。董爸爸毫不示弱地回瞪着,还补了一句:"瞪什么瞪?没见过这么帅的爸爸吗?孬种!"

黑龙煞被怼得一时愣了。

4

另一边,绝地反攻的昆虫们已经部署好了,兵分三路。

第一路,玉蜂军全体集结,它们要正面挑战黑龙煞。这一路其实是敢死队,因为明知黑龙煞比大黄蜂更加不可战胜,但真正的目的是拖延时间,为其他路军争取机会,它们视死如归,在所不惜。

第二路,蚂蚁军全体集结,奔赴黑龙潭底,据报因水蛇被灭,困住骁骁的水蛇幻境已破,只是灼烧咒像烧红的铁链捆住了骁骁,蚂蚁们要去啃噬铁链。这也是一路敢死队,因为必死无疑。

第三路,剩下的蝴蝶军在蝶王蝶后的带领下,搏击风雨,直上九霄,它们将召唤只有蝶族才有的远古力量,助骁骁一臂之力。

行动开始。

玉蜂军以前所未有的团结和强大力量扑向黑龙煞,其迅速程度让黑龙煞措手不及,几乎全面覆盖住黑龙煞,他成了一个全身是蜂的人。玉蜂们使出生命最后的力量,把

十五、远古的蝴蝶圣光

蜂针狠狠地扎入黑龙煞体内,为此牺牲了自己,前赴后继,无一退缩。

蚂蚁军密密麻麻地爬满整个黑龙潭底,它们也进行了分工,有的直接爬向骁骁,也是前赴后继地以肉身去狠狠地啃铁链,要么灼烧死了,要么啃出一小口,啃出一口是一口。另外的开始深挖骁骁脚下四周,很快就挖松了困住骁骁腿脚的泥石。

而蝴蝶军在蝶王蝶后艰难带队飞上黑压压的天空后,手挽手,肩并肩,一齐排阵,边缘的蝴蝶被狂风拽走后,自然有更多的蝴蝶上阵补位。最中心的蝶王蝶后一再呼喊,叫唤大家全力以赴坚持住。娜娜带领一队蓝蝶军在阵前护法,不时打飞那些零星想近身搞破坏的大黄蜂。很快,蝶阵已成,在天空成为五颜六色的一只巨型蝴蝶,蝶王蝶后就在眼睛位置,浑身开始发光,光焰好像燃烧开一样,燃遍整只巨型蝴蝶,其实是所有蝴蝶发出光焰。

然而,黑龙煞身上开始灼烧开的红光,正是他的邪恶利用了海月珠的力量,加上小芊的血作为驱动灵力,红光一下将他满身的玉蜂给崩开烧尽。黑龙煞发现天空蝴蝶布

阵,发出异样之光,一气之下,打出一道红拳,"噗——"地一下把巨型蝴蝶的中心给打穿了。蝴蝶圣光一下黯淡下来。

小芊在惊叫之中挣脱妈妈的手,飞身扑上天空,她知道蝴蝶圣光对骁骁意味着什么,那是蝶王最后告诉她的,绝对不能失败。

小芊在空中回望一眼潭底的骁骁,泪水滴落,落到骁骁的额头上。骁骁已经在无数牺牲的蚂蚁帮助下挣断了铁链,愤怒大喊。小芊带着微笑,一下扑进巨型蝴蝶阵。

天空突然光芒万丈,传说中的远古蝴蝶圣光再映山川,照耀尘世,一时风雨舒缓放慢,万物安宁。未牺牲的玉蜂和蚂蚁拖着伤残的身子,抬头望向天空圣光,如沐天籁……

5

蝴蝶圣光终于再现,圣光直抵骁骁,抚平骁骁身上的灼烧之伤,充实他身上与月光魔法一样的灵力。要知道,先前黑龙煞已凭借海月珠之力,强硬吸走骁骁身上的魔法

十五、远古的蝴蝶圣光

灵力。

骁骁在非满月时段,魔法力量本来就弱,再被黑龙煞吸去灵力,才无法挣脱灼烧咒的束缚,饱受折磨。这下一挣脱,满血复活。

一道白光自黑龙潭底飞出,骁骁愤怒地杀上天空。

黑龙煞"嘿嘿"笑笑:"哼,雕虫小技!"一把黑风剑在他手上已向骁骁当空刺来。骁骁身披蝴蝶圣光,月寒剑战斗力倍增,一招一式舞出的路数颇为怪异,双剑撞击,迸出的火花竟然不是星火状,却是微小的蝴蝶状,一点点一朵朵,浮在空中竟不会灭去。

那是蝴蝶圣光借助骁骁的月寒剑释放的力量,如雪花点点在空中飘浮。骁骁和黑龙煞都没在意,只一味地闪转腾挪,你刺我削,你来我往,分秒必争。渐渐地,他们身旁的圣光一直没有灭去,慢慢汇聚在一起,底下观望者渐渐看不清了他们的动作和身影。直到他们完全被包裹在一团圣光里。

天空中的蝴蝶也收了阵型,带着光斑全数飞临那团包裹状的光里,一齐贴合上去,无数蝴蝶与圣光融为一体。

十五、远古的蝴蝶圣光

世界顿时就安静了,只有天空中的那团圣光在旋转,缓缓旋转。

黑龙煞和骁骁都被包裹在圣光里后,黑龙煞还冷笑:"骁骁,你以为这样就能困住我吗?"

"不,我和蝴蝶都无法困住你,真正困住你的,是你自己。"骁骁的话让黑龙煞又一愣。

黑龙煞咬了咬牙:"别拿那些玄之又玄的大道理来吓唬我,我才不听!"说着又挺剑杀过去。骁骁一闪身,变换了方位,闪到一旁让黑龙煞吃不准他的位置。

骁骁摇了摇头,叹口气:"这一战,死伤多少小生灵,你真的一点都不心疼吗?我听到了万千小生灵的悲鸣,那声音在圣光里告诉我,放过你,放过一个——叫'白龙'的——好人!"

黑龙煞陡然一惊,停住了剑。"白龙?白龙是谁?好像……听过!"

"白龙,是你的真名。你在萨多魔法控制下,迷失自我,当年和你一样被伤害的人们因为你的怨气而一并被束缚,化入万千小昆虫之躯,为你所驱使,不得自由。你现在醒

悟了吗？"骁骁所言皆是他在牺牲的玉蜂、蚂蚁和蝴蝶身上所看到的真相，只有慈悲心才能见到牺牲之后的真相。

黑龙煞的心里闪过一道亮光，"哦，原来……是这样……"这是他心底最后的善念。一念生，一念亡，善念一生，莲花自开。

天空所有云水再次落入黑龙潭，一时风平浪静，水面伸出小荷尖尖。圣光四散，蝴蝶纷飞，光映水面，小荷盛开……

天空上的战斗阴霾一扫而空，骁骁面前跪伏着一身白衣飘飘的"白龙"，虽然是模糊的身影，却可见是当年英俊的后生。他手捧海月珠，交还给骁骁，起身化风而去。

骁骁飞落黑龙潭边，以海月珠催动潭水，再生水月镜像。他心念善咒，无数在昆虫大战中牺牲的蝴蝶、蚂蚁、玉蜂和大黄蜂皆在水月镜像里飘浮而入。

"怨念尽去，生生不息！"骁骁喃喃自语，四面青山所有昆虫皆回归本位，万物安宁。

而水边石上，小芊和娜娜已恢复人身，牵手笑看云开雾散，笑看蝴蝶纷飞。

后 记

小芊回家后，开始成天画蝴蝶。房间里墙上、书桌上、窗框上、镜子上、书包上、沙发上、电视边框上、电话手表上、水杯上、书封上，还有自己的手背上，到处都是五颜六色的蝴蝶，连衣服、裙子也要买有蝴蝶的，扎头发也要有蝴蝶结，去吃个冰激凌也要求服务员做出蝴蝶冰激凌，白天看到阳台上有蝴蝶飞来，就过去逮住人家聊半天，死活不让人家飞走……

娜娜的父母回家后偷偷把婚给复了，在娜娜生日当天承诺不给娜娜报太多兴趣班和补习班了，娜娜却满脸忧愁地说："怎么办？奥数、硬笔、软笔、口才、作文、阅读、英语，每个班我都感觉不能放，怎么办？快看看我，我是不是又中毒了？别让大黄蜂靠近我，快，我觉得好像又中毒了……"

图书在版编目(CIP)数据

瓷娃骁骁历险记.丹霞惊魂/北辰著.—福州:海峡文艺出版社,2021.10
 ISBN 978-7-5550-2729-4

Ⅰ.①瓷… Ⅱ.①北… Ⅲ.①幻想小说－中国－当代 Ⅳ.①I247.5

中国版本图书馆CIP数据核字(2021)第192563号

瓷娃骁骁历险记:丹霞惊魂

北辰 著

责任编辑	刘徐霖
出版发行	海峡文艺出版社
经　　销	福建新华发行(集团)有限责任公司
社　　址	福州市东水路76号14层
发 行 部	0591－87536797
印　　刷	福建新华联合印务集团有限公司
厂　　址	福州市晋安区后屿路6号
开　　本	889毫米×1194毫米 1/24
字　　数	110千字
印　　张	10
版　　次	2021年10月第1版
印　　次	2021年10月第1次印刷
书　　号	ISBN 978-7-5550-2729-4
定　　价	29.00元

如发现印装质量问题,请寄承印厂调换